D1656726

Hansjörg Hänggi

Ein Basler Bebbi im Birseck

Erinnerungen ans Reinach
der späten Vierzigerjahre

Mit Zeichnungen von Cornelia
Ziegler

Für die finanzielle Unterstützung dieses Buches dankt
der Verlag herzlich der Gemeine Reinach/BL
(Kulturfonds)
und der Bürgergemeinde Reinach/BL

HORCH!Verlag
Daniel Erni
Postfach
4153 Reinach 1
Satz: semmel.ARTS, Basel
Herstellung Books on Demand (Schweiz) GmbH
Printed in Germany

ISBN 3-906436-02-0

Rynecherdytsch

Ich bin zwar kein gebürtiger Reinacher – unsere Familie zog anno 1947, als ich neun Jahre alt war, von der Stadt Basel hierher. Aber ich schaute den Leuten hier immer aufs Maul und hörte zu, wie sie redeten.
Zuerst musste ich mir einmal von den Reinacher Knaben den Spruch anhören:
«Basler Bebbi nit blagiere, Dritt in Arsch und abmarschiere!»
Das wirkte offenbar schnell, denn schon nach ein paar Wochen in Reinach «hinten» wie früher in der Stadt gesagt wurde, musste ich mir in Basel sagen lassen, ich habe schon einen deutlich ländlichen Tonfall angenommen. Statt «Kinder kömmet» sagte ich «Chin-der chömmet», statt «uffe» «uufe», und die «Söiblueme», der Löwenzahn, wurde zur «Chettenestuude» .
Sachen, die ich erst in Reinach kennengelernt hatte, bezeichnete ich auf alle Fälle mit den einheimischen Namen. Das betraf vor allem Ausdrücke aus der Pflanzen- und Tierwelt. Ich sage heute noch «Schwilche» für den «Wolligen Schneeball», «Durlips» für «Runkelrübe» und «Hattle» für ein Kaninchenweiblein.

Eine besondere Sache ist es mit der «Fiëchte». Das ist tatsächlich und nachgewiesenermassen der einheimische Name für die «Föhre» oder «Kiefer», und er hat mindestens in unserer Gegend nichts mit «der Fichte», also der Rottanne, zu tun. Wir finden ihn übrigens im Namen «Fiechtenschulhaus». Dort gab es nämlich einmal einen «Fiechtehoof» am Rand einer langen Reihe von Fiechte, also Föhren. Ich nehme auch an, dass das «Kloster Fiechte» auf dem Bruderholz seinen Namen von diesem Baum hat. (Mehr dazu weiss das Schweizerische Idiotikon).
Sonst habe ich nicht viel angenommen von diesem Rynecherdytsch, das in meiner Kindheit noch von vielen Leuten gesprochen wurde. Wir Geschwister mussten manchmal lachen, wenn wir wieder so einen der urchigen Sätze gehört hatten. Einige davon wurden bei uns daheim zu stehenden Wendungen, so die wiederholte, im Spass ausgestossene Drohung unseres Nachbarn:
«Dir sett me s Fiidle brätsche!»
oder die Erklärung seines Enkels zum Besitz einer Katze:
«Sy häi dehäi gsäit, sy häi käini, aber sy wäi au käini.»
Einmal hielt mich die alte Frau Kury auf der Strasse an, zeigte auf einen schweren Korb voll Kartoffeln und fragte:

«Los, Bueb, wäm gheersch? – Chenntsch mer nit dä Churb vull Härdepfel häidrääge? – Y git dr denn e Batze.»
Nachdem ich dann mit diesem Korb bei ihr daheim angekommen war, fragte sie:
«Was witt jetz lieber, e Batzen oder en Epfel?»
Ich glaube, ich habe den Batzen genommen.
Ich machte es dann mit dem Geld sicher nicht so, wie der Reinacher Knabe, der zum «Ressli-Thee» – also dem Metzgermeister Theophil Meier vom Rössli – gegangen sei und gesagt habe:
«Gänd mer fir zwee Batze Verschnittes, aber nit alles Schungge!» (Verschnittes ist Auffschnitt).

Das schönste Müsterchen hörte ich in den Fünfzigerjahren vom alten Herrn M. Er war damals über fünfundneunzig Jahre alt. Es war ein heisser Tag, und er fing an zu erzählen:
«Anne zwöiesibzgi (1872!) isch s au so warm gsi wie hitte. Mir häi sällmolls z Läyme gwoont, und nach em Sibzgerchrieg häi sich alli Schwyzer im Elsass miessen entschäiden, eb sy fir die Dytsche sygen oder wäi Schwyzer blybe. Und my Vatter, dä dumm Chäib, het fir d Schwooben unterschriibe. No han y miessen yrugge. Am ene häisse Daag isch dr Haupme

uff em Russ vor d Kumpeny aanegritte und het gruefe:
„M. vortreten!“
Y bi fiire, denn het er gfruggt:
„Habt Ihr einen Bruder?“
Denn han y jo gsäit.
„Und Ihr Bruder ist in die Schweiz abgehauen?“
Denn han y halt wider miesse jo sääge. Do säit er:
„Zur Strafe müsst Ihr ein Jahr länger Dienscht tun!“
Nu han y dänggt:
„Wenn d nur verreggtisch uf dym Gaul obe!“»

"Was witt jetz lieber e Batzen oder en Epfel?

Schulhäuser

Die ersten zweieinhalb Jahre – zum Te
während des Krieges – ging ich in Basel im Spalenschulhaus in die Primarschule. Es war eine reine Knabenschule. Nach jeder Pause mussten wir uns klassenweise in Zweierkolonne vor der Hintertüre aufstellen. Der Lehrer, der Aufsicht hatte, rief:
«Usrichten, ydegge!»
Wir mussten wie die Soldaten richtige Abstände einhalten, dann rief er:
«Achtung, steht!», wir klopften so ewas wie eine Achtungstellung und erst auf sein «Ruhn!» durften wir hineingehen.
Etwa gleich zackig ging es im Schul- und Turnunterricht zu.
Weil unser Lehrer uns manchmal an den Schläfenhaaren zupfte, hoffte ich, es sei dann in Reinach alles ganz anders.
Der Wechsel brachte zwar ein paar Änderungen. Aber gezupft wurden wir immer noch, nur hiess dass jetzt anders:
«Y muess dy an de Butzfääde zieh!»
So sagte mein neuer Lehrer dieser verhassten Rupferei. Wenn er wütend war, bekam er einen ganz roten Kopf. Entsprechend war dann auch sein Übername: «Äärbeeri». Den hörte er aber kaum einmal. Wir durften ihn aber auch

nie mit seinem richtigen Namen anreden, für uns war er der «Herr Lehrer».
Im Schulzimmer waren wir über vierzig Kinder. Auf einen schwarz geölten Riemenboden standen zwei Reihen Viererpulte, Tisch und Klappsitz am Stück. Wenn eines von zwei Kindern, das einen inneren Sitzplatz hatte, zur Bank hinaus wollte, musste das äussere nebendran aufstehen. Rechts im Zimmer sassen die Knaben, links die Mädchen, und die waren für mich etwas Besonderes. Dass es auch Mädchen in der Schule gab, hatte ich bis dannzumal noch nicht erlebt.
An der Wand hing ein Kruzifix, und wir beteten mit Kreuzzeichen am Anfang und am Schluss des Unterrichts. Das war auch neu für mich. Und das störte niemanden. Gäbe dieses konfessionelle Bekenntnis heute auch öffentliche Diskussionen wie in anderen Ländern?
Vorne stand eine Schultafel auf einem Bock. In einer Ecke war ein Holzofen, der im Winter richtig eingeheizt wurde. Dann musste der Lehrer gelegentlich ein Scheit nachlegen. Die Scheiter brauchte es auch für etwas anderes. Wer nämlich etwas ausgefressen hatte, musste eine Zeit lang in eine Ecke knien, bei andern Lehrern – dem Vernehmen nach – sogar auf so

ein kantiges Holzscheit. Zum Glück traf mich diese Strafe nie zu! Andere schon!
Die Pause war auf dem Dorfschulplatz, welcher heute für den Neubau der Gemeindeverwaltung verschwunden ist. Die Lehrerinnen und Lehrer spazierten auch alle draussen herum. Am Ende der Pause schickte eine Lehrperson ein Kind hinein um zu läuten. Manchmal dachten sie auch ein bisschen zu spät daran. Das war uns auch egal.
Die ganze Primar-, Sekundar- und Realschule von Reinach hatte damals insgesamt zwölf Klassen, verteilt auf das Dorfschulhaus, den ersten Stock der Gemeindeverwaltung und das Weiermattschulhaus. Soviele Klassen gab es später in den Babyboomzeiten auf einen einzigen Jahrgang.
Zum Turnen marschierten wir immer in Zweierkolonne ins Weiermattschulhaus. Dort war die einzige Turnhalle. War diese für ein Fest oder eine Ausstellung belegt, mussten wir in den staubigen Schwingkeller ausweichen.
Von der fünften Klasse an ging ich dann auch ins Weiermatt. Das war schon fast komfortabel. Es hatte richtige Wandtafeln, Zentralheizung, und ein Zimmer konnte man sogar verdunkeln. Dort drin gingen wir ganz selten Lichtbilder oder einen Film anschauen. Aber das Wasser für die Tafelschwämme mussten wir immer noch auf dem WC holen.

Nach der Pause mussten sich wieder alle Klassen in Reihen einstellen und unter der strengen Aufsicht des Rektors warten, bis sie einmarschieren durften. Das gab trotz aller Regelung meistens ein Gerangel. (Ich habe diesen strengen Brauch übrigens etwa zwanzig Jahre später als Schulhausvorsteher im Surbaumschulhaus abgeschafft, und die Pausenenden verliefen plötzlich viel friedlicher).
Alle Jahre wurde in der Halle das «Schülerkonzert» durchgeführt. Jede Klasse – trotz des männlichen Titels auch die Mädchen – kam mit einem Lied, einem Tanz oder sonst einem Stücklein auf die Bühne. Am Schluss gab es dann noch ein Theaterstück von den oberen Klassen. Ich durfte sogar einmal in der Titelrolle des Märchenspiels «Der Bärenhäuter» auftreten und vor dem glücklichen Ende zu einem herzigen Mädchen sagen:
«Jetzt bist du meine liebe Braut!»
Den Kuss, den ich ihr noch hätte geben sollen, wagte ich nur zu supponieren.

Bis in die vierte Realklasse (so hiess die Sekundarschule damals) blieb ich im Weiermatt. Unser Klassenzimmer war im obersten Stock. Einmal gegen das Ende unseres letzten Schuljahres waren wir am

Samstag um elf Uhr unbeaufsichtigt und schauten alle zum Fenster hinaus. Da ging unser ehemaliger Primarlehrer mit dem Velo unten durch. Ich wollte als kleine Mutprobe ein Kreidestümpchen knapp hinter seinem Rücken hinunterwerfen. Aber in dem Moment, als die Kreide flog, hielt er an und bückte sich nach hinten zu seiner Mappe auf dem Gepäckträger. Das weisse Kügelchen traf ihn mitten auf den Hut. Ich tauchte schnell ab. Als ich wieder hinausschaute, stand er da, streckte mit hochrotem Kopf das Corpus delicti zu uns hinauf und schimpfte wie ein Rohrspatz. Am Montag darauf wurde dieser Anschlag auf eine Ehrenperson gründlich untersucht. Ich meldete mich bei der entsprechenden Umfrage sofort tapfer als Übeltäter und musste mich dann in der Pause beim Opfer entschuldigen gehen. Das war ein Drama: Den ganzen Gang entlang ging er mit mir durch alle Kinder und machte mir in den höchsten Tönen Vorwürfe für mein respektloses Verhalten. Ich schämte mich vor dem ganzen Schulhaus. Zuvorderst im Korridor besann er sich dann doch noch anders. Er sagte nämlich:
«Y will dr jetz nomol verzeyje, hesch jo no s Lääbe vor der!»
Da hatte ich ja nochmals Schwein gehabt und konnte gesühnt das Schulhaus verlassen und ins Leben hinausschreiten.

Sieben Jahre später war ich im gleichen Hause sein Kollege. Aber so eine Respektsperson wie er wurde ich, glaube ich, nie. Ich hätte so eine Kreide einfach lachend zurückgeschossen. (Damit will ich nicht sagen, dass ich immer für alle Kinder «e glatte Siech» gewesen bin. Ich konnte auch gelegentlich übertreiben, und ich habe wahrscheinlich genug Stoff für ähnliche Geschichten geliefert. Ich bin gespannt darauf!).

Den verpassten Kuss vom Schultheater haben das herzige Mädchen und ich übrigens in der Zwischenzeit einmal nachgeholt.

Weglein-Geschichten

In Reinach gab es in den späten Vierzigerjahren noch viele ungeteerte Wege und Strassen, sie bekamen erst nach und nach einen festen Belag. Und was geteert war, sah wegen der vielen Flicke sehr fleckig aus, so dass wir auf dem Dorfschulplatz «Fläggeziggi» machen konnten. Das war eine besondere Art «Fangis». Wer nämlich auf einem rauheren Flick stand, durfte nicht gefangen werden. Wir sagten: «Do isch botte.»

Ich weiss noch, wie es mir grossen Eindruck gemacht hatte, dass gerade hinter dem Grellingerbeck das offene Land anfing. Wir standen dort auf einem staubigen Feldweg – der heutigen Blauenstrasse – mitten in einem Baumgarten und studierten mit Lehrer Kunz die Blüten an den Apfelbäumen.
So waren praktisch alle Strassen ausserhalb des Dorfkerns gemergelt oder mit Kies bestreut – die meisten Quartierstrassen gab es allerdings noch gar nicht. Besonders schlecht stand es mit dem Strassenunterhalt im Oberdorf.
«Mer sy fir die uf dr Gmäini unde dr Wild Weschte!» hiess es manchmal.

Dann feierte ein junger Mann, der an solch einer Kiesstrasse im Unterdorf wohnte, Primiz – also seine Einsetzung zum Priester. Weil eine grosse Prozession von seinem Elternhaus bis zur Kirche vorgesehen war, liess die Gemeinde knapp vor dem Fest die Strasse dort noch teeren. Das löste bei einem unserer stalinistischen und darum eher kirchenkritischen Nachbarn einen bissigen Kommentar aus:
«Für das häi sy Gäld. Sy hätte gscheyter emol ebbis fir s Oberdorf gmacht. Aber ebbe...»

Der Juraweg fing als schmaler Fusspfad an der Hauptstrasse oben, bei der jetzigen Tramhaltestelle «Vogesenstrasse», an und ging dann als staubiger Fussweg am steilen Abgrund des Grienlochs vorbei bis zur Bruggstrasse. Das ganze Stück ist jetzt ein Teil der Schalbergstrasse. Dann ging es wie heute weiter bis zum Friedhof. Aber dieser war noch viel kleiner als heute. Der Juraweg führte nämlich einfach geradeaus, links und rechts standen alte Häuser, und man kam dann zwischen dem Kury Very und dem Schlachtlokal hinter dem Milchhüüsli aus diesem engen Strässlein, das heute Stryttgässli heisst.

Neben unserem Haus an der Hauptstrasse ging ein Privatweg nach hinten zum Grienloch , die Leute nannten es bald Hänggiwäägli. Dort durch und über den Juraweg waren wir Kinder natürlich sehr rasch beim Milchhüüsli. Erst mit der Erweiterung des Friedhofes wurde dieser Weg unterbrochen. Am Anfang gab es allerdings am hinteren Ende des Stryttgässlis ein Törlein zum Friedhof, und die Leute gingen zum Milchholen an den Gräbern vorbei. Jetzt ist alles geschlossen, und heute müssten wir unseren Vierliterkessel voll Milch ziemlich weit auf einem Umweg durchs Dorf tragen

Wenn ein Strassenbelag erneuert wurde, verteilten die Wegmacher aus einem Teerwagen mit langen Schläuchen und Spritzdüsen eine schwarze Sauce und streuten dann einfach schaufelweise grobe Steinsplitter darüber. So ging es einmal im Herbst unserem Schulweg, der Brunngasse. Aber kaum war dieser unsichere Belag ausgebracht, fing die Weidezeit an. Täglich trieben die Weidbuben das Vieh aus dem Dorf auf verschiedene Wiesen. Und besonders auf dem Heimweg belegten dann die Kühe den losen Kies fast flächendeckend mit Kuhfladen. Das Gemisch gab einen ziemlich mühsamen Strassenbelag.

Und wir Buben tauften die Brunngasse auf unsere Art um.

Ein Schleichweg ins Weiermatt war das Schulgässlein. Dort fuhren wir natürlich auch mit den Velos durch. Aber mit der modernen Zeit kam dort ein Teerbelag und ein absolutes Fahrverbot. Mit mehr oder weniger schlechtem Gewissen fuhr ich halt trotzdem gelegentlich dort durch. Erst als ich als junger Lehrer in Reinach anfing zu arbeiten, getraute ich mich nicht mehr, mir das zu leisten. Eben, der Lehrer als Vorbild ...
Mit meiner allerersten Klasse nahm ich einmal die Verkehrssignale durch. Ich ging mit den Kindern durchs Schulgässlein. Am vorderen Ende hielt ich die Klasse an. Um ihnen das Signal mit dem absoluten Fahrverbot zu zeigen, sagte ich, sie sollten sich alle umdrehen. Wir schauten auf die Tafel, besprachen, was sie bedeutete, und ich predigte – wie es damals noch so üblich war – mit viel moralischem Druck die Einhaltung dieses Verbotes.
Dann fällt unser Blick auf einmal ins Schulgässlein. Da kommt zu meinem Schrecken jemand fröhlich auf seinem englischen Velo gefahren, und schon fragt ein Kind:

«Dörf denn dr Herr Pfarrer do dure faare?»
Dass diese Respektsperson auch nicht gedurft hätte, konnte sich das Kind wohl kaum vorstellen. Ich weiss nicht mehr, wie ich den Pfarrer bei den Kindern herausgehauen habe. Dass ich es irgendwie gemacht habe, ist sicher, denn zu so etwas fühlte man sich damals ja noch verpflichtet.
Ein paar Tage später entschuldigte sich der Pfarrer bei mir. Er sei eben immer dort durchgefahren... Er hatte offenbar bemerkt, was wir besprochen hatten und was er mir da eingebrockt hatte.
Später wurde das Fahrverbot vernünftigerweise wieder aufgehoben.

Baden in der Birs

Da, wo heute das «Häidbrüggli» über die Birs führt, war früher unser Badeplatz. Es sah damals alles noch ganz anders aus. An Stelle eines Stegs war dort ein Wehr mit drei, vier Durchlässen, die in der Höhe verstellbar waren. Bei normalem Pegelstand wurde alles gestaute Wasser rechts der Birs unter einem aufgezogenen Rechen durch in einen Kanal geleitet.

Unterhalb des Wehrs lag auf der ganzen Flussbreite zuerst eine grosse Betonfläche und anschliessend eine Art natürliches Wasserbecken, bis etwa sechs Meter flussabwärts. Das war wohl jeweils ausgewaschen worden, wenn die Birs bei Hochwasser wild über das Wehr hinunterdonnerte. Aber im Sommer war das vier bis fünf Meter tiefe Bassin mit glasklarem und ziemlich kaltem Grundwasser gefüllt , wir nannten es «Ys-Chäller» oder «chalts Wässerli».

Links neben dem Wehr war eine Fischtreppe. Ob sie je funktioniert hat und von den Fischen gebraucht worden ist, weiss ich nicht.

An der Böschung daneben wuchsen bis vor kurzem noch Reben, die sich über das Ufergebüsch hinzogen. Manche fragten sich

wohl, wie die hierher kamen. Mir waren sie kein Rätsel. An dieser Stelle stand nämlich früher ein langgezogenes, einstöckiges Häuschen, so etwas Improvisiertes, das es in Reinach noch mancherorts gab. Daneben lag ein Gärtlein mit Blumen und eben Reben. Dort wohnte ein Mann, der Schmidt, ich glaube ursprünglich ein Deutscher. Er hatte ein kleines Baugeschäft, einmal hat er sogar unser Haus an der Hauptstrasse neu verputzt.
Dieser Schmidt war eigentlich der Mittelpunkt des Badebetriebs. Bei ihm konnten wir in einer Art Kiosk Getränke und Esswaren kaufen. Mir reichte das Geld allerdings nie zu mehr als einem Stück Brot für zehn Rappen. Glacé, die heute ja mindestens so zum Badebetrieb gehört wie das Wasser, bot er natürlich nicht an.
Einmal bin ich auf der Fahrt zum Baden mit dem Velo meiner Schwester in einer sandigen Kurve ausgerutscht und bös gefallen. Der Pedalhebel war einwärts gebogen und nicht mehr zu drehen, damit heimzukommen, war eine Katastrophe für mich. Doch Schmidt richtete das verstauchte Pedal mit einer riesigen Schraubzwinge.
Unterhalb seines Häuschens, auf einem grossen Betonvorsprung über dem Wasser, hatte er ein Sprungbrett montiert. Von dort aus köpfelten die grossen Buben in den Yskäller.

Wir Nichtschwimmer plantschten im Stauwasser oberhalb des Wehrs herum. Dort war es allerdings nicht so appetitlich wie im unteren sauberen Wasser, denn manchmal kamen verdächtige Papierlein und andere Fracht aus der Mündung des «Schyssibächlis» und aus ähnlichen zweifelhaften Quellen geschwommen. Kläranlagen kannte man noch gar nicht. Ich war ganz glücklich, als ich endlich auch schwimmen lernte. Von da an badete ich nur noch im klaren Wasser des Eiskellers.

Der Höhepunkt war, als ich mit einem grösseren Knaben zusammen unter dem Kanalrechen durchtauchen und ein Stück weit den rasch fliessenden Kanal hinunterschwimmen durfte.

An der Ecke des Stausees beim Wehr hatte Schmidt eine Mole ins Wasser hinausgebaut. Dahinter war so etwas wie ein kleiner Hafen. Und dort drin hatte er ein langes Ruderboot angekettet. Wer Geld hatte, konnte das Schifflein mieten. Einmal durften wir mitfahren, weil wir ein junges, verliebtes Paar birsaufwärts ruderten. Die zwei waren nicht viel älter als wir, und wir schielten manchmal zurück, um zu schauen, was sie so trieben auf der vorderen Bank des Bootes. Unter den hängenden Weidenästen durch machten wir eine romantische Fahrt bis in die Steinbirs

hinauf und kehrten erst um, als im niedrigen Wasser die Steine unter dem Schifflein knirschten.
Bald darauf wurde dann in Arlesheim das neue Schwimmbad eröffnet, und ich ging dort baden, wenn ich das nötige Geld beisammen hatte.
Der Badebetrieb an der Birs hörte auf, ich glaube, er wurde sogar verboten.
Mit der Eröffnung des Reinacher Schwimmbades war dann die Birs als Badeplatz für lange Zeit vergessen.

In den Wyden

Über die Bedeutung der Reinacher Heide haben schon viel berufenere Leute als ich geredet oder geschrieben. Ich möchte einfach ein bisschen von früher erzählen.

In meiner Kindheit sah es in der Reinacher Heide noch ganz anders aus. Wir sagten dieser Gegend auch gar nicht «Heide» sondern – wie auf der Arlesheimer Seite der Birs – «In de Wyde», der Name «Wydewääg» deutet immer noch darauf. Den Ausdruck «Reinacher Heide» hörte ich zum ersten Mal in der Schule. Diese Bezeichnung haben sicher Naturwissenschaftler geprägt, sie verglichen wohl diesen besonderen Landfle-cken mit Heidelandschaften in Deutschland. Er ist heute mit seiner besonderen Pflanzen- und Tierwelt auch berechtigterweise geschützt und viel natürlicher als seinerzeit.
Es gab in den Wyde noch mehr freie Flächen als heute. Ein Bauer, der Steiner, in einem kleinen Hof südlich des heutigen Badareals bewirtschaftete sie. Seine Hafer- und Gerstenfelder sahen allerdings eher mickerig aus, überall schienen die vielen Steine durch die dünngesäten Halme.

Hinter dem Steiner lebte eine Art Einsiedler in einer merkwürdigen, selber gebastelten Unterkunft.

Am unteren Ende des Sonnenwegs war die Böschung zu den Wyde eine Abfallhalde. Die Bewohner des Talackers – seinerzeit eine kleine Häusergruppe, abgelegen fast wie ein Weiler – luden dort ihr Gerümpel ab.

Der lose Wald zwischen dem jetzigen Schwimmbad und dem Weg oberhalb des Birsbords war der Zeltplatz des «Zeltclubs Basel». Die bessergestellten dieser Naturfreunde kamen schon damals mit ihren Autos gefahren. Die Bunker in diesem Gebiet dienten als Keller für die Freiluftbeiz der Zeltler.
Immer wieder schlugen auch wilde Campierer irgendwo hinter einem Busch ihre Zelte auf. Für uns Buben eher lusche Gstalten, denn manchmal haben diese Leute an der Sonne «geblüttlet» oder andere komische Sachen gemacht.

Unterhalb des Bords beim Talacker hatte der Hundesport Reinach noch lange seinen Trainingsplatz. Einmal sassen wir Buben in den Hundeboxen und sahen uns im Versteckten verbotene Hefte aus Venzins

Rezyklingfirma an. Die «gewagten» Abbildungen aus dem «Wiener Magazin» passten gut zu der immer ein bisschen aufgeheizten Atmosphäre dieser Gegend. Heute schaut uns von jeder Plakatwand herunter Freizügigeres an.

Den Wald links der Austrasse bei den Pumpstationen unten gab es noch nicht. Dort an der Böschung und unten beim grossen Grillplatz standen Wohnhäuser. Auch am Bord neben dem Fussballplatz war ein Haus, eine Zeit lang sogar mit einer Schweinemästerei, deren Gülle manchmal einfach über den Hang hinab entsorgt wurde. Zum Schutz des Grundwassers, das dort gefasst wird, kamen diese Bauten alle weg, und es wurde aufgeforstet. Aus dem gleichen Grund wurde auch ein Weiher unterhalb des Schwimmbades zugeschüttet. Der war früher mit glasklarem, kaltem Grundwasser gefüllt, und ich sah dort zum ersten Mal so Wassertiere wie Molche und Gelbrandkäfer.

Der so genannte Dorfbach, der heute in einem romantischen Bachbett zwischen grossen Steinbrocken durch die Heide plätschert, war früher in einen hässlichen viereckigen Betonkanal eingezwängt. Unterhalb des

Fussballplatzes sauste er – noch vor Schwimmbadzeiten – steil hinunter. Manchmal brauchten ihn die Buben dort als Rutschbahn. Mich machte es nie an, die schlüpfrige Piste hinunterzurutschen, denn der grauslige Graben hiess nicht vergebens «Schyssibächli».

Mit dem Schwimmbad, der Autobahn, dem Pumpwerk und der Kläranlage sind die «Wyde» in Reinach von modernem Zeug nicht ganz verschont geblieben. Aber wenn ich heute über die Birs schaue und im Industriequartier von Arlesheim sehe, was aus dieser ehemaligen Überschwemmungslandschaft auch noch hätte werden können, bin ich mit der Reinacher Heide ganz zufrieden.

Bello

Grienlochschangi

Vom ersten Tag an, den ich als Kind in Reinach erlebte, faszinierte mich das «Grienloch», eine aufgegebene Kiesgrube in der Nähe unseres Hauses. «Grien» sei ein altes Mundartwort für Kies, liess ich mich belehren. Solche tiefen Löcher gab es damals noch einige in Reinach. Eine Sandgrube mit einem geheimnisvollen Weiher beim heutigen Armbruststand zog uns Kinder immer wieder an. Alte Lehmgruben fanden sich im «Predigerholz», in der Rüttenen und im Leuwald. «Leu» ist ja eine Verballhornung von «Lääi», auch «Läim», was nichts anderes als Lehm heisst. Eine Feldbahn soll früher vom Leuwald Lehm zu einer Ziegelei am Leuweg hinter der «Waage» geführt haben.
Ich erinnere mich auch an die Gruben auf den Gebieten der heutigen Kinderspielplätze beim Mischeli und beim Landhof, auf dem nachmaligen Egertenschulplatz und bei der heutigen Tramschlaufe Surbaum. Eine war im Kägen und eine beim Sonnenhof – diese schon auf Aescher Boden.
Zwei weitere Aescher Gruben auf der Ebene unterhalb des Schlatthofs sind übrigens geblieben und dienen heute als Naturschutzinseln.

Gewisse Reinacher Lehmgruben sind zum Teil noch auszumachen, die Grienlöcher wurden aber alle aufgefüllt.
Neuesten Sondierungen zufolge soll das zurückgebliebene Auffüllmaterial nicht so zweifelhaft sein, wie ich es in Erinnerung habe. Ich spüre nämlich heute noch den beissenden Geruch des Karbidschlamms, der einmal in der fast vollen Egertengrube über allerlei Müll deponiert wurde. Man deckte diese hellgraue Stinkmasse rasch mit Humus zu, und kurze Zeit später diente das Areal den obersten Realklassen als Gemüsegarten. Hoffentlich griffen die Rübenwurzeln nicht zu tief …
Was allerlei Seltsames im grossen Grienloch an der Bruggstrasse deponiert wurde, erlebte ich im täglichen Anschauungsunterricht. Und damit zurück zu dieser Grube.
Heute liegt dort ein Areal der Bauverwaltung samt der Deponie für verschiedene Rezyklingstoffe. Der Ort war mein – teilweise fragwürdiges – Spielparadies.
In meinen ersten Grienlochjahren gab es in der Grube noch wunderbare Kieshänge und ebene Böden verschiedener Tiefe mit der vielfältigsten Flora. Da wuchsen alle Pflanzen eines Trockenstandortes, aber auch wunderbare Blumen und Sträucher, die sich aus abgelagerten Gartenabfällen gerettet und

vermehrt hatten. Heute würden sich wohl Naturschutzverbände zu Recht für die Erhaltung solch paradiesischer Kleinode einsetzen.
Nur ein kleiner Teil des Grienlochs war Deponie, wo vor allem die benachbarten Dorfbewohner ihre Abfälle hinkarrten. Auch der «Glöggliwagen», die dörfliche Müllabfuhr mit Pferdegespann, führte seine Ladung dorthin. Gelegentlich brachte ein Lastwagen Bauschutt, Aushubmaterial oder irgendwelches Sperrgut.
Dieser Teil der Grube war der Grund, weshalb meine Mutter es nicht gerne sah, dass ich mich im Grienloch tummelte. Sie wollte nicht, dass ich ein «Grienlochschangi» war. So nannten die Leute gemeinerweise die Buben aus der unitttelbaren Nachbarschaft des Loches: Dieses war für sie der tägliche Spielplatz mit den vielfältigsten, zum Teil allerdings obskuren Angeboten.
Natürlich mieden wir den Abhang mit eindeutigem Hauskehricht, den fanden wir auch «gruusig». Aber sonst gab es in den Abfällen wunderbare Sachen zu entdecken. Ab und zu fanden wir eine alte emallierte «Chellehänggi» – heute wäre so etwas wohl ein begehrtes Sammelstück – und benützten sie als Sommerschlitten. Wir setzten uns darauf, den känelartigen Teil hangabwärts,

und rutschten damit die gleichmässigen Halden von Aushubmaterial hinunter.
Einmal entsorgte jemand einen riesigen Lüster aus Tausenden von Kristallteilen, und die halbe Dorfjugend fand sich ein, um ein paar der schillernden Klunker zu erhaschen.
Von «Luftreinhalteverordnung» redete noch niemand, und wir machten ungehindert mit geeigneten, aber oft auch mit weniger sinnvollen Materialien auf dem Grubenboden die prächtigsten Feuer. Manchmal steckten wir in die brennenden Massen alte Ofenrohre, dann entstiegen diesen die seltsamsten farbigen Rauschwaden, besonders, wenn wir alte Dachpappe verbrannten. Es war dann nicht klar, ob uns von den Gasen oder von den heimlich gerauchten «Nielen» übel geworden war.
Mein erstes selbst verdientes Geld stammte aus den Schätzen des Grienlochs. Wir sammelten nämlich im Bauschutt alte Kupferdrähte, liessen in unseren Feuern bei grausamem Gestank die Isolation abbrennen und verkauften dann den gewonnenen Rohstoff zu einem guten Preis einem Arbeiter der «Metalli» in Dornach.
Wir wurden zwei, drei Jahre älter, und sehr rasch wurde die Grube nur noch zum grossen Abfallloch, das zum Spielen nicht mehr einladend war. Ein Grubenwart wurde

angestellt. Er musste den Fahrern der vielen Lastwagen, die Material brachten, pro Ladung fünfzig Rappen abknöpfen.
Mit dem vielen Müll kamen die Ratten. Die waren zwar manchmal sehr putzig anzusehen, besonders, wenn eine Rattenmutter eine «Zottlete» Junge in Einerkolonne über den Grienlochboden führte, doch die Unmenge dieser Tiere am hellichten Tag war eher beängstigend. Dann las ich von der Gefährlichkeit dieser Nager und wollte etwas zu ihrer Bekämpfung beitragen.
Eines Tages stellte ich mich deshalb am Rande der Grube auf. Ich bemerkte eine riesige Ratte, die immer wieder aus dem gleichen Loch zwischen den Schuttbrocken auftauchte. Ein seltsamer Jagdeifer packte mich. Zweimal warf ich mit einem Stein nach ihr, verfehlte sie und sah sie im Loch verschwinden. Der dritte Wurf war ein Volltreffer. Die Ratte sauste kurz ins Loch, kam sofort wieder heraus und verendete zuckend. Ich stieg zu ihr hinab.
Da geschah mir etwas Unheimliches. Ein mir unbekanntes, körperlich fühlbares Grauen packte mich. Ich glaubte, in der ganzen Grube die Vorwürfe aller anwesenden Artgenossen meines Opfers zu spüren, aber auch zu hören. Sie sprachen mich eines sinnlosen Mordes schuldig. Meine Heldentat war wirklich ohne Sinn und Zweck. Die Haare standen mir zu

Berg, und ich musste fluchtartig den Ort meiner Untat verlassen. (Heute frage ich mich, ob ich damals wohl in das morphische Feld der dortigen Rattenpopulation geraten war).
Ich glaube, das war mein letzter Besuch im Grienloch, das Ende meiner Karriere als Grienlochschangi.

Messdiener

Kaum wohnten wir in Reinach, da fiel mir auf, dass hier das Kirchenleben viel strenger war als in der grossen Stadt. Im Dorf kannten alle einander und kontrollierten sich offenbar gegenseitig.
Dass wir jeden Sonntag in die Kirche gingen, war in unserer Familie schon in Basel eine Selbstverständlichkeit. Aber dass man dann auch noch in Nachmittags- und Abendandachten gehen musste, fand ich doch ein bisschen übertrieben. Aber der Reinacher Pfarrer überzeugte meine Mutter offenbar schnell, dass diese Übungen zu unserem Seelenheil gehörten. Auch durch die Woche gab es Schülermessen, jede Klasse hatte ihren Tag, und dann war am Freitag nochmals ein Jugend-Gottesdienst für alle Kinder. Dazu kamen im Mai jeden Abend die Mai-Andachten und im Oktober die Rosenkranzfeiern. Mit der Zeit gewöhnte ich mich an die Neuerungen, und ich ging brav mit. Eine innere Opposition getraute ich mich wohl kaum zu machen, zu sehr wurden wir im Religionsunterricht überzeugt, dass all das dem Willen Gottes entspreche. Später hatte ich auch ein bisschen Spass daran, dass sich Kollegen, aber auch Kolleginnen nach den

Abendandachten noch zu allerlei Spielen und Spässen trafen.
Ein Problem hatte ich immer: Wir mussten laut Beichtspiegel andächtig sein beim Beten, sonst wäre das eine Sünde gewesen. Und ich brachte doch diese Andacht – also das bewusste Drandenken, was man betet – ums Verworgen nicht zustande. Immer schlichen sich meine Gedanken davon, je mehr ich mich bemühte, umso weiter gingen sie, und ich musste meine Unandacht wieder beichten gehen.
Heute weiss ich, dass kein Mensch einen Rosenkranz beten und immer bei den Worten bleiben kann. Denn wer ehrlich ist, muss zugeben, dass er immer wieder ins Herunterleiern und Abschweifen kommt. Das kann sogar etwas Meditatives haben, hat aber mit den früheren Forderungen nach wortklaubender Andacht nichts zu tun. Mir wäre viel Stress und angstbeladenes Schuldgefühl erspart geblieben, wenn mir das jemand schon damals erklärt hätte.

Es ging nicht lange, dann bemühte sich der Vikar darum, dass ich Ministrant oder Messdiener werden sollte. Mir kam das von meinen Basler Einnerungen her eher etwas zu fromm vor. Aber bald schon wurde mir ein Büchlein in die Hand gedrückt, dort draus musste ich

die lateinischen Ministrantengebetlein lernen. Das war für mich ein furchtbarer Krampf. Kein Wort verstand ich von all den Introitus, Confiteor und anderen Wechselgebeten, die ich büffeln musste. Der Vikar machte dann Einzelübungen mit mir, bis ich alles einigermassen richtig aufsagen konnte. Überflüssigerweise machte ich mir noch ein schlechtes Gewissen, weil ich das Gefühl hatte, ich lerne das Zeug zu langsam.
Dann kamen die eigentlichen Messdienerproben. Am Samstagnachmittag mussten wir in der Kirche üben. Mit anderen Anfängern, die schon ein bisschen weiter waren, nahmen wir die ganze Messfeier durch.

Und dann ging der Ministrantendienst los. Immer am Samstag mussten wir am Anschlagbrett bei der Kirche nachschauen gehen, wann wir Dienst hatten. Das konnte am Sonntag in der Frühmesse um sieben, im Jugendgottesdienst um acht, im sogenannten Amt um Viertel vor zehn oder in der Spätmesse um halb zwölf Uhr sein. Das Amt war am schwierigsten, da sang der Kirchenchor, und es ging alles ziemlich lang. Noch mühsamer fand ich die Andachten am Nachmittag. Mit einem gespannten Bauch voll von feinem Sonntagsessen mussten wir die längste Zeit bolzengerade auf den Altarstufen

knieen und konnten unsere Kniescheiben nicht so entlasten wie die, welche mit aufgestützten Ellbogen in einer Kirchenbank herumhingen .
Wer allerdings Wochendienst hatte, kam am saftigsten dran: Von Montag bis Samstag täglich um sechs Uhr Frühmesse, am Freitag sogar um halb sechs. Gegen das Wochen-ende war ich manchmal so erschöpft, dass ich regelmässig einmal verschlief. Dann musste halt eben nur ein Messdiener alle Aufgaben am Altar erfüllen.
Damals waren diese noch ziemlich kompliziert. Der Priester stand mit dem Rücken zum Volk, und alles wurde auf lateinisch gebetet. Mit einem Stufengebet unten an den Altartritten fing es an. Wir beiden Ministranten – natürlich nur Buben – mussten abwechslungsweise mit dem Priester unsere Formeln aufsagen. Dann mussten wir wissen, wann knieen und wann aufstehen, aber auch, wann wir das grosse Messbuch von einer Seite des Altars zur anderen tragen sollten – Evangelienseite und Epistelseite hiessen sie. Den Messwein und das Wasser in den beiden Kännlein, die auf einem Seitentisch standen, mussten wir auch zweimal zur richtigen Zeit zum Priester bringen und auf korrekte Weise einschenken.
Wenn wir etwas falsch machten, gab es die verschiedensten Reaktionen. Offenbar hätte

der Zelebrant, also derjenige, der die Messe las, während des Rituals nichts Banales reden dürfen. Auf jeden Fall sagte der Pfarrer bei einem unserer Fehler nie etwas, er wartete einfach stur und mit einem strafenden Blick, bis wir einigermassen richtig eingeschenkt, das Buch geholt oder ein Gebet aufgesagt hatten. Das nervte! Der Vikar oder auswärtige Priester waren da angenehmer. Sie flüsterten uns freundlich zu und machten uns darauf aufmerksam, was jetzt fällig gewesen wäre. Die Kapuziner waren da am grosszügigsten.
Einen von diesen habe ich noch gut in Erinnerung: Gegen Schluss der Messe mussten wir nochmals Wasser und Wein bringen und davon dem Zelebranten ein paar Tropfen über die Fingerspitzen in den Kelch leeren. Wenn es genug war, hob er den Kelch ein wenig an. Beim Wein hörte dieser Kapuziner – gegen meine Erfahrung bei andern – nicht mehr auf, den Kelch hinzuhalten. Da hörte eben *ich* auf mit Einschenken. Oha, da kam ich an den Falschen! Er streckte mir den Kelch näher hin und zischte:
«Nit eso gyzig!»
Er bekam natürlich den ganzen Rest aus dem Krüglein.
Dieser Wein duftete übrigens wunderbar, ich glaube, es war etwas in Richtung Malaga oder Sherry, auf jeden Fall ein spezieller Messwein.

Es wurmte mich immer, dass ich mich nie getraut hatte, in der Sakristei einmal ein Schlücklein von diesem geheimnisvollen Saft zu stibitzen, so wie die andern immer vorgaben, sie hätten es einmal gemacht. Zum Glück fand einmal der Sigrist, der Meury Schorsch, er müsse mir einen Schluck geben. Ich durfte den Kopf nach hinten lehnen, und er leerte mir den Rest aus dem Kännlein zwischen die offenen Lippen. Mit diesem süsslichen Tränklein im Mund verstand ich den gierigen Kapuziner noch besser.
Etwas anderes erlaubte ich mir aber. Wenn ich als grösserer Ministrant Weihrauchdienst hatte, pickte ich manchmal aus der Harzmischung im Weihrauchschifflein ein paar der helleren Körner heraus und steckte sie in den Mund. Das war ein feiner Kaugummi.

Die grossen Festtage waren ein besonderes Erlebnis. Schon eine Woche davor kamen wir in die Proben und besprachen und übten, wer was wann wo zu tun hatte bei all den feierlichen Ritualen. Die liefen besonders zur Osterzeit, an Pfingsten und an Weihnachten ganz anders ab als an einem gewöhnlichen Sonntag, manchmal brauchte es drei Zelebranten. Bei solch einem so genannten dreispännigen Hochamt wimmelte es im Chorraum von Ministranten: Zwei eigentliche

Messdiener, sechs Tortschenträger – das waren junge Ministranten mit grossen hölzernen Kerzenständern – vier Buben, die mit den Geldkörben das Opfer einziehen mussten, und dann noch die drei mit dem Weihrauch, nämlich der, welcher das Fass schwang, der welcher das silberne Schifflein mit den Weihrauchkörnern trug und in der Mitte der Zeremoniar. Das war einer der ältesten Ministranten. Am Schluss meiner Karriere hatte ich dieses Amt auch manchmal inne. Dann durfte ich während der Messe von Zeit zu Zeit Weihrauchkörner auf die glühende Holzkohle im Fässlein nachlegen und dann erst noch mit schwungvoller Bewegung den Priester und das Kirchenvolk beweihräuchern.
Bei den Proben zu diesen besonderen Gottesdiensten war ich manchmal ganz stolz, wenn ich das Drehbuch von vorangehenden Jahren noch kannte.

Eine ganz besondere Sache waren die Beerdigungen. Wir Messdiener durften schulfrei machen. Wir begleiteten den Pfarrer in schwarzen Gewändern zum Trauerhaus. Dort stand schon der Leichenwagen mit dem schwarzgedeckten Rappen bereit. Manchmal hörten wir beim Kommen gerade noch, wie im Haus drinnen der Sarg zugenagelt wurde. Dann trugen sie die verstorbene Person heraus und luden sie auf den Leichenwagen. Mit ein paar Wechselgebeten empfingen Pfarrer und Trauergemeinde den Sarg, und anschliessend ging der Leichenzug durchs Dorf zur Kirche. Nach dem Gottesdienst mit seinen traurigen Requiemgesängen war die eigentliche Bestattung auf dem Friedhof hinter der Kirche. Die damaligen Beerdigungen mit all ihrem liturgischen Schwarz und ihren düsteren Gesängen hatten für mich eher etwas Trostloses. Heute erlebe ich bei solchen Gelegenheiten zum Glück mehr von der christlichen Hoffnung, die mit dem Sterben verbunden sein sollte. Aber ich lernte wenigstens damals schon, dass der Tod genau so zum Leben gehört wie die Geburt.

Am Weissen Sonntag und an Fronleichnam gab es eine Prozession durch das Dorf und an Auffahrt einen Bittgang über den Rebberg. Ich wusste nie recht, sollte ich jetzt stolz sein, dass ich in meinem Ministrantengewand in der Öffentlichkeit herumlaufen durfte, oder sollte ich mich ein bisschen schämen vor den andersgläubigen Zuschauern am Strassenrand, die unserem Aufmarsch eher etwas verständnislos zuschauten, weil dieser für sie doch ziemlich exotisch war. Es gab mir jedenfalls zu denken, als ein Mitschüler am Morgen nach Auffahrt zu mir sagte:

«Gäll, Hänggi, geschter bisch im ene Röggli über e Räbbärg gsegglet!»
Die Fronleichnamsprozession führte ums Dorf von Altar zu Altar. Mädchen streuten Blumen. Die Musikgesellschaft spielte dazu besondere Prozessionsmärsche in einem getragenen Tempo. Wir Ministranten marschierten langsam mit und versuchten, den Schritt zu halten. Der Pfarrer trug die Monstranz und ging unter einem Baldachin – dem «Himmel». Diesen trugen die Kirchenräte im Feiertagsgewand. Bei den wunderschön hergerichteten Altären erteilte der Pfarrer jedesmal den Segen. Alles kniete dabei nieder, ausser dem Messdiener, der das Vortragskreuz hielt und ein paar Mannen aus der Musik. Die mit den grossen Basstubas blieben wohl wegen ihrer grossen Instrumente stehen, einige, weil sie nicht katholisch waren, und ein anderer Teil – sagte man – aus Protest gegen den Pfarrer, der einmal einen ihrer verstorbenen Kollegen nicht hatte beerdigen wollen. Ich dachte dann immer:
«Die stroofe mit däm jo dr lieb Gott und nit dr Pfarrer.»
Bei einer Fronleichnamsprozession an einem heissen Tag kam auch unser stalinistischer Nachbar wie viele andere zuschauen. Er winkte mir vom Strassenrand her und lachte mich an. Nachher spöttelte er wieder einmal:

«Alli hän miesse in der Sunne laufe, nur im Pfarrer hän sy dr Schatte noochdräit.»

Beichten

Ich glaube, Leute, die nicht in meiner Zeit und in meinem Glauben aufgewachsen sind, können sich kaum vorstellen, wie sehr das Beichten unsere Kinder- und Jugendzeit geprägt hat. Vielleicht war ich einer, der von diesem ganzen System von Schuld und Vergebung besonders stark hereingezogen worden war. Darum kann ich noch heute davon erzählen.

Schon in der zweiten Klasse in Basel genossen wir bei einer Ordensschwester Beichtunterricht. Mit Hilfe des so genannten Beichtspiegels im «Laudate», unserem Kirchengesangbuch, lernten wir, was lässliche und was schwere Sünden sind. Da kam ein Gebot nach dem anderen dran. Fluchen, lügen, betrügen, stehlen, wütend werden, streiten, mit den Eltern frech sein, nicht folgen und allerlei andere Untaten wurden da aufgezählt, und wir mussten uns vor jedem Beichten gewissenhaft besinnen, was wir seit dem letzten Mal wieder alles Böses angestellt hatten.

Im sechsten Gebot war immer die Rede von unschamhaft und unkeusch. Ich begriff den Unterschied nie ganz – es nannte ja niemand die Dinge beim Namen – aber ich merkte schon etwa, was gemeint war.

Dann mussten wir die Sünden bereuen und nachher in den Beichtstuhl knien und dem Beichtvater unsere Fehler gestehen. Am Schluss sprach dieser dann die Vergebung aus und sagte uns, was wir zur Busse vorne in der Kirche beten müssten.

Ich nahm das alles furchtbar ernst. Beim ersten Mal bin ich fast gestorben vor Angst und Lampenfieber. Ich meinte auch später immer, ich hätte etwas falsch gemacht, eine Sünde vergessen oder meine Reue sei nicht ernst genug und deswegen sei meine Beichte ungültig. Und dann hätte ich nicht zur Kommunion gehen dürfen.
Vor allem in Reinach, wo uns Pfarrer und Vikar persönlich gut kannten, war es mir manchmal peinlich, denen zu erzählen, was ich wieder alles ausgefressen hatte – besonders weil ich überzeugt war, dass ich der Einzige sei, der solch schlimme Sachen anstellte oder dachte. Es wunderte mich zuweilen, dass sie bei meinen Bekenntnissen nicht aufschrien vor Entsetzen.

Nur einmal, nachdem ich gebeichtet hatte, ich hätte leichtsinnig geschworen, fragte mich der Pfarrer, wie denn das gewesen sei. Ich erklärte es ihm. Es ging dort einfach um eine kindische Behauptung von mir, bei der ich im Eifer meiner Schwester zugerufen hatte: «Y schwöör s!». Und dann hatte ich dieses Verbrechen im Beichtspiegel gefunden und reumütig zugegeben. Der Pfarrer winkte nach meiner Erklärung hinter seinem Gitter nur ein bisschen ab. Dabei hätte ich doch ein gutes Gespräch darüber, was Schuld ist und was nicht, weiss Gott, gebraucht.

War so ein belastender Beichtgang vorbei, verliessen wir natürlich befreit und glücklich die Kirche. Es war wie ein durchgestandener Zahnarztbesuch. In den Erklärungen mancher Erwachsener war das Gefühl der Erleichterung nur darauf zurückzuführen, dass wir jetzt von der schweren Sündenlast befreit waren. Diesen Kurzschluss durchschauten wir nicht, und die Erklärung leuchtete uns ein.

Manchmal knieten wir an einem Samstagnachmittag in langen Reihen in den Bänken neben den Beichtstühlen, bereiteten uns vor und warteten mit Herzklopfen, bis wir dran kamen. Einmal gab es nach so einem Beichten eine böse Diskussion. Ein Schulkollege hatte seine Rolle als Beichtender so ernsthaft geübt, dass er gar nicht merkte, wie er sein ganzes Bekenntnis halblaut vor sich her murmelte. Sein Banknachbar hatte alles gehört und es uns anderen dann draussen

brühwarm erzählt. Da wurde der arme Sünder natürlich wütend und sagte:
«Das hättsch du gar nit dörfe wyterverzelle, du hesch dy nit an s Bychtghäimnis ghalte!»

Es könnte jetzt wirklich der Eindruck entstehen, ich möchte mit meinen Geschichten nur über das Beichten herfallen und die ganze Einrichtung lächerlich machen. Das stimmt so nicht, denn ich denke, eine Besinnung auf meine eigenen Fehler und ein Gespräch darüber könnte durchaus etwas Heilsames haben und helfen, auf eine bessere Art mit mir und den Mitmenschen umzugehen. Die kirchliche Seite mit Schuld gegenüber Gott und seiner Vergebung müssen Berufenere darstellen. Aber die Erbsenzählerei, die wir erlebten, und das befohlene Wechselbad zwischen Schuld und Vergebung ab dem zarten Alter von acht Jahren hat mir schon einen schönen Teil meiner Jugend vermurkst.
Offenbar ging das nicht nur mir so. Denn wenn gesagt wird, die Menschen könnten gewisse belastende Probleme am besten mit Humor überwinden, trifft das natürlich für das Beichten besonders zu. Wir erzählten einander immer wieder Witze über dieses Thema. Ich mag mich auch erinnern, dass unsere Vikare am meisten lustige Beichtstuhlwitze wussten. Die Belastung des Beichtvaterpostens ist

offenbar auch an den Seelsorgern nicht spurlos vorbeigegangen.
Sogar meine Mutter, die sonst kirchliche Dinge nur ernsthaft behandelte und sehr fromm war, sagte manchmal das Spottverslein auf, das kindliches Beichten aufs Korn nimmt: «Ich habe genascht und gelogen und die Katze am Schwanze gezogen.»

Richtig schwierig wurde das Beichten in der Vorpubertät, als der Pfarrer im Unterricht wieder einmal völlig unklar über Unkeuschheit geredet hatte. Er erweiterte das bisherige Register noch. Unkeusch reden und denken, O.K.! Aber dass es möglich war, sich selber unkeusch anzusehen, das war neu. Das gab wieder Beichstoff! Es tönt wie ein schlechter Witz, aber von dieser Lektion an getraute ich mich ein paar Jahre lang nicht mehr, beim Pinkeln hinunterzugucken. Ich hätte ja etwas Verbotenes sehen können, und diese Sünde hätte ich wieder beichten müssen.

Als Halbwüchsige wichen wir unseren bekannten Seelsorgern aus und gingen gerade gruppenweise ins Kloster Dornach zu den Kapuzinern beichten. Die meisten von diesen Patres hörten nur mit einem Ohr zu, murmelten ihre Gebete und entliessen uns dann mit einem kurzen Bussauftrag. Sehr

wahrscheinlich war das die beste Methode, mit dem Seelengerümpel anderer Leute ungeschoren fertig zu werden.
Dann aber entdeckten wir Pater J., einen alten Kapuziner aus Österreich. Der verwickelte uns mit seinem lustigen Dialekt in Gespräche, wollte es ganz genau wissen, konnte aber auch Trost spenden. Als ich einmal gebeichtet hatte, ich sei in Diskussionen mit meiner Mutter gehässig und ausfällig geworden, sagte er:
«Dös muest net zu ernst nehmen, es is net so leicht mit die Weiba!»
Das nahm ich natürlich erleichtert auf – und ging es schnurstracks der Mutter erzählen. Diese machte Augen! So etwas von so einem heiligen Mann!
Unser Beichtvater hatte offenbar überhaupt ein bisschen Probleme mit «die Weiber». Als wir nämlich ins entsprechende Alter kamen, tönte es bei ihm immer etwa gleich:
«Ah, wieder so eina aus Reinach. Kommst mit n Trax deine Sünden abladen? – Hast a Mädel? Küsst ihr einanda? Oda gebts ihr einanda gar Zungenküsse?»
Wir an sich harmlosen Bürschlein waren in dieser Beziehung schon nicht ganz unerfahren.
«Aber Zungenküsse sind die Vorwegnahme des Geschlechtsverkehrs und darum eine schwere Sünde!»

Zum Glück vergab er uns die. Auf dem Heimweg durch den Einschlagwald erzählten wir einander gelegentlich, welche Fragen wir wieder hatten beantworten müssen.
Für diesen schrägen Vogel im Beichtstuhl fand dann bald einmal einer von uns einen Übernamen:
«Dr Zungekuss-Statistiker vom Chlöschterli».

Bubenstücklein

Ich weiss nicht recht, ob es gescheit ist, von den Streichen zu erzählen, die wir als Buben und Mädchen in Reinach angestellt haben. Es könnte ja am Ende noch eine Anleitung für heutige Kinder sein, uns den gleichen Mist nachzumachen.
Ich habe den Eindruck, wir seien viel mehr unter Kontrolle gewesen als heutige Kinder. Eltern, Lehrer und Pfarrer waren absolute Respektspersonen, aber auch wildfremde Erwachsene getrauten sich, den Kindern auf der Strasse zu sagen, was sie zu tun hätten. Ich erinnere mich, wie uns einer einmal abends um neun Uhr streng heimwies, als wir nach einer Theaterprobe noch unterwegs waren. Andererseits aber konnten wir ungehindert verrücktes Zeug machen, an dem sich kein Mensch stiess und das heute absolut unmöglich wäre.
Ich denke zum Beispiel an die Knallschlachten, die wir uns an der Fasnacht lieferten: Auf jeder Seite der Hauptstrasse ein paar Buben, jeder hatte ein Büschel Fünfer- oder Zehnerkracher. Die zündeten wir einzeln an und warfen sie einander über die Fahrbahn zu, und wenn es am nächsten bei einem der andern krachte, krümmten wir uns vor Lachen.

Die Erwachsenen duldeten das alles stillschweigend. Heute ist ja schon eine Handvoll Frauenfürze das schlimmste Explosivmittel, das in Kinderhand noch knapp geduldet wird. Ich bin übrigens gar nicht traurig darüber, denn Gehörschäden lagen schon damals drin.
Das meiste, das wir machten, war ja harmlos. Manches hätte allerdings auch schief herauskommen können, wir dachten halt eben nicht weiter.
Viele Streiche verübten wir auf dem Heimweg nach den Abendandachten im Mai oder Oktober – ein etwas unfrommer Abschluss dieser kirchlichen Anlässe!
Ein Streich ging so:
Wir banden einen langen Seidenfaden an den schmalen, dreieckigen Schlitz eines Reissnagels. Dann steckten wir den Nagel in den Fensterrahmen eines Hauses mit Garten, natürlich im Erdgeschoss, wenn möglich ein bisschen durch Gebüsch abgeschirmt. Das ging am besten, wenn es schon dunkel war. Dann versteckten wir uns hinter einem Busch ausserhalb des Zauns und spannten den Faden mit einer Hand. Mit Daumen und Zeigefinger der anderen Hand packten wir den Faden und fuhren schnell darauf hin und her. Das gab einen ganz hohen Pfeifton, der vom Faden auf das Fenster übertragen wurde. Drinnen hörte

bald jemand etwas und öffnete das Fenster, um zu schauen, was da los sei. Sie sahen natürlich nichts, der feine Faden fiel ja nicht auf. Wer ganz frech war, liess es weiter pfeifen. Wenn es brenzlig wurde, zogen wir einfach ein bisschen stärker am Faden, zogen ihn samt dem Reissnagel aus dem Garten und rannten davon.

Eine raffiniertere Variante ging so:

Wir brauchten eine Patronenhülse, seinerzeit ein alltägliches Spielzeug, das jeder hatte. Diese steckten wir ins Loch eines ringförmigen Dichtungsgummis, den wir vom Bügel einer Bierflasche abgenommen hatten. Am unteren Rand der Hülse hatte es eine Rille, in der das Gummiringlein einrastete. So ergab sich ein schöner Saugnapf, der mit etwas Spucke an jeder glatten Fläche hielt. Jetzt machten wir in eine lange, dicke Schnur einen Knoten, steckten ihn ins Loch der Patronenhülse und klopften diese seitlich zu, so hielt die Schnur fest. Am anderen Ende machten wir eine ganze Reihe Knoten in die Schnur. Wer Fantasie hat, weiss vielleicht schon, wie es weitergeht: Wir hefteten den Saugnapf an eine Fensterscheibe, spannten die Schnur und fuhren am anderen Ende auf gleiche Weise wie beim Seidenfaden über die Schnur. Jedesmal, wenn wir über einen Knoten rutschten, zupfte es ein wenig an der

Schnur. So hüpfte die Patrone ein bisschen vom Fenster weg und spickte sofort zurück. Das tönte dann, wie wenn ein Specht ans Fenster klopfte. Der Rest lief gleich ab wie beim Reissnageltrick.

Ein ziemlich blödes Spiel – an der Fasnacht besonders beliebt – war das Gartentor-Aushängen. Die Buben hoben im Dunkeln ein Törlein aus den Scharnieren und lehnten es an seinem Platz einfach an. Dann guckten sie von weitem, bis eine Person hinein- oder hinausgehen wollte. Wenn sie Glück hatte, merkte sie früh genug, was los war und konnte das Tor halten oder weghüpfen. Anderen kippte es entgegen, oder sie fielen darüber.
Nicht zu empfehlen!

Ganz simple Glockenzüge machten wir natürlich auch. Ich war immer etwas zu feige für solche Spässe. Aber einmal lief ich drein wie der Pfarrer im bekannten Witz. Ein kleines Mädchen von Wittlins stand bei Blunschis an der Kirchgasse vor der Haustür und schaute zum Klingelknopf hinauf. Ich fragte das Kind, ob es nicht langen könne zum Läuten. Es sagte ja, und ich drückte auf die Klingel. Dann spazierte es gemütlich davon und sagte, es wolle ja gar nicht zu diesen Leuten. Da stand ich! Aber ich wartete tapfer, bis Frau Blunschi kam. Mir war es oberpeinlich. Ich erzählte ihr mein Missgeschick, aber sie war sehr freundlich und lachte nur.

Nach der Roratemesse im Advent gingen wir immer mit den brennenden Kerzen, die wir im Gottesdienst gebraucht hatten, durch das dunkle Dorf heim. Damals gab es nach der Feier noch kein Zmorgen für alle.
Beim heutigen Restaurant «Schopf» hatten Feigenwinters ein Thermometer an der Hauswand. Dort gingen wir immer schauen, wie kalt oder warm es war. Mit der Kerze war das natürlich besonders spannend. Auf einmal kam der Walther Edi auf die Idee, dem Ding mit der Flamme ein bisschen nachzuhelfen. Ui, der rote Strich im Glasröhrlein sauste hoch, und wir waren stolz auf unseren physikalischen Versuch. Da krachte es plötzlich, und das Röhrlein explodierte unter einer Stichflamme. Wir zerplatzten wieder einmal fast vor Lachen. Dass unsere Augen gefährdet waren, kam uns nicht in den Sinn, wohl aber unser schlechtes Gewissen, und wir düsten ab.
«Das Rote im Röörli isch Wygäischt, dä brennt», schloss dann der Edi das Experiment belehrend ab.

Einen etwas unheiligen Spass erzählte mir ein Schulfreund, ich erlebte ihn nicht selber: Früher wurde das Osterfeuer auf dem Kirchhof schon am Karsamstagmorgen, etwa um fünf Uhr gesegnet, und nur der Pfarrer, der Sigrist, die Ministranten und ein paar wenige Leute waren dabei. Ich erlebte das manchmal als Messdiener. Weil die Holzkohle für das Weihrauchfass aus diesem Feuer geholt wurde, musste dieses schon einiges früher brennen.
Der Sigrist Feigenwinter schickte einmal seine Enkel und ein paar andere Buben das Feuer vorbereiten. Das war natürlich für diese ein besonderer Spass. Sie traten viel zu früh an und machten zuerst einmal ein Riesenfeuer. Dazu schickten die Grossen die Kleinen über die Friedhofmauer zum Babeli Willi, um dort «Wälle», also Holzbündel zu klauen. Dann fingen sie in ihrem Feuereifer an, alte Grabkränze aus dem Abfall zu zerren und zu verbrennen. Die waren früher meistens mit einem Strohreifen gemacht, darin steckten künstliche Blumen und Blätter, die dick mit Wachs überzogen waren. Die loderten natürlich besonders gut. Und dann zogen die Buben einzelne Blumen mit ihren langen Drahtstielen aus den Kränzen, zündeten sie vorne an und rannten mit diesen Fackeln um die Gräber.

Als dann der Pfarrer mit seiner kleinen Prozession auf den Friedhof herausgezogen kam, traf er ein böses Bild: Mehr Feuerteufel als Osterengel.
Der Streich blieb nicht ganz ohne Folgen für die Pyromanen: Der Gemeinderat befasste sich mit dem Holzdiebstahl, der dann zwar vom Sigrist wieder gut gemacht wurde, allerdings nicht, bevor sich dieser handfest mit seinen Enkeln auseinandergesetzt hatte. Von da an durfte dann keine Buben mehr das Osterfeuer anzünden gehen.

Mit den alten Schwefelstreichhölzern – die mit den roten Köpfen, welche in den Wildwestfilmen am Hosenboden angestrichen werden – gab es auch ein paar lustige Tricks. Unter Druck krachten die ja wie Knallerbsen. Wie wir die auf den Tramschienen einsetzten, erzähle ich an einem anderen Ort.
Gefährlichere Experimente mit diesem verkappten Sprengstoff will ich hier nicht weitergeben. Meine Mutter war jedenfalls entsetzt, als ich ihr einmal erzählte, was wir für Knallspiele veranstaltet hatten, und sie verbot uns solches für immer.
Heute muss ich ihr Recht geben, und ich glaube, wir hatten einen Schutzengel, der uns oft vor schlimmen Unfällen, aber auch vor dem Erwischtwerden bewahrt hat.

Diesen Engel haben die heutigen Kinder und Jugendlichen zum Glück meistens heute noch, gewiss beim Sprayen an den Bahnlinien, beim Tramsurfen und bei anderen modernen und eher gefährlichen Spässen und Streichen.
Allerdings, wenn sie meinen, Vandalismus sei ein Spass, dann darf sie der Engel von mir aus ruhig gelegentlich dreinlaufen lassen.

Der Sammler

Als ich im Jahre 1947 als neunjähriger Knabe von Basel nach Reinach kam, erlebte ich mit dem Wohnungswechsel die damals noch riesigen Unterschiede zwischen Stadt und Land. Kleidung, Sprache, Lebensgewohnheiten, alles war anders. Da begegnete ich den Esswaren nicht nur in Läden und auf dem Markt wie in der Stadt, ich konnte in Gärten und auf Feldern sehen, wie Früchte, Gemüse und Getreide wuchsen. Vieles war in Flur und Wald sogar umsonst zu haben.

Meine Mutter war auf dem Land aufgewachsen und hatte noch gelernt, dass uns die Natur manches zum Leben schenkt. Bei Sonntagsspaziergängen im Frühling sammelte sie oft die frischen Triebe der Waldrebe, briet sie dann mit Eiern und ass sie mit Genuss. Auch anderes Gratisgemüse wie Bärlauchblätter, junge Brennnesseln und Löwenzahn trug sie heim. Sie zeigte uns auch, dass viele Beeren, die Buchnüsse, die Früchte der Wilden Malve (Chäslichrut) und anderes Zeug essbar waren.

Nie hätte sie aber etwas an einem Ort genommen, wo sie das Gefühl hatte, es könnte verboten sein. Wir durften nicht einmal im Vorbeigehen eine Kirsche stibitzen.

In Reinach gab es ein paar Frauen – die Leute nannten sie «Salaatwyyber» – die zogen im Frühjahr auf die Felder, welche im Herbst gepflügt worden waren und hackten dort die krummen Keimlinge des Löwenzahns aus. Diese verkauften sie als «Pfafferöörli» zu einem guten Preis. Das machte meiner Mutter Eindruck, und sie hätte es gerne gesehen, wenn auch ich von diesen bleichen Trieben ausgegraben hätte. Aber ich hatte alle Ausreden. Erstens wusste ich nicht, wo ich die weissen Salatstauden finden konnte, und dann hatte ich Angst, der Bauer hätte etwas dagegen, wenn ich auf seinen Feldern herumgrübelte. Mir war diese Art Schnäppchenjagd sowieso etwas peinlich.

Zu anderen Sammlereien haben mich die Eltern allerdings schon gebracht: So hielten wir viele Kaninchen als Fleischlieferanten, und diese brauchten Futter. Darum musste ich in den wärmeren Jahreszeiten jeden Abend an Wegborden, Waldrändern und beim sogenannten Grienloch Löwenzahn, Bärenklau und anderes Grünzeug suchen gehen.

Manchmal war das ein richtiger Konkurrenzkampf mit anderen Kindern aus dem Oberdorf. Der hörte erst auf, als mir jemand erlaubte, auf seinem Feld an der Steinrebenstrasse Löwenzahn auszustechen. Später pachtete der Vater eine Wiese, auf der ich noch bis weit in meine Gymnasialzeit hinein abends nach der Schule einen Sack voll Gras mähen musste.

Beim Umbau unseres Hauses half damals ein Reinacher namens Kilchherr. Er hiess im Dorf nur «dr Chilcher-Universal», weil er trotz seines starken Hinkens überall als geschickter Handwerksgehilfe zu brauchen war. Dieser Mann lud mich einmal nach Feierabend auf den Gepäckträger seines Velos und fuhr mit mir ins Unterdorf. Hinter dem Rankhof – der war dort, wo heute der Coop-Laden steht – hatte der Brunner-Bauer eine grosse Rossweide, die bis gegen die Aumatten hinunterreichte. Häuser gab es in der Gegend fast nur vorne an der Austrasse. Der Universal humpelte mit mir über die Wiese und erklärte mir, dass hier wegen des Pferdemists viele Champignons wüchsen. Und tatsächlich, wir fanden einen ganzen Korb voll davon. Ich durfte sie heimbringen, und die Mutter kochte sie. Ich fand es herrlich, was da so Gutes aus «Rossbollen» herausgewachsen war.

Heute sammeln manche Leute auf abgeernteten Bohnenfeldern die letzten Böhnlein, die von den Erntemaschinen nicht erwischt worden sind. So machten sie es früher auf den Getreidefeldern. Wenn die Bauern die Garben nach dem Trocknen von den Äckern geholt hatten, lagen überall zwischen den Stoppeln noch einzelne Ähren. Es gab ja noch keine Mähdrescher, die das letzte Körnlein hereinzogen. Diese Ähren gingen die Leute suchen. Wir sagten dem «Ääriläässe».
Ich sammelte auch einmal einen grossen, alten Kissenanzug voll von dieser kostbaren Ware. Dann brachte ich ihn mit einem Veloanhänger zur Mühle der landwirtschaftlichen Genossenschaft im Dreispitz. Dort konnte ich meine Ähren gegen eine entsprechende Menge Weissmehl eintauschen. Dieses führte ich stolz heim. Den ersten Kuchen daraus backte ich selber.

In unserem kleinen Taglöhnerhäuschen heizten wir noch mit Holz. Brennholz war teuer. Aber in den Wäldern lag Fallholz herum, und bis zu einer gewissen Dicke durften es alle auflesen gehen. Immer wieder fuhren Leute mit Handwagen in den Wald, um diesen billigen Brennstoff zu holen.

Meine Mutter beschloss einmal, das müsste ich auch machen. Sie liess bei unserem Nachbarn Meier, dem «Wagnerdigg», einen kleinen Holzerwagen bauen. Ich weiss noch, sechzig Franken verlangte der «Krummholzer» für diesen einachsigen Karren. Jetzt musste das ausgegebene Geld wieder verdient werden. An einem Sommernachmittag schickte mich die Mutter los. Ich packte den Karren an der Leitstange und fuhr durch den Klusweg gegen das Vogelschutzwäldchen. Das dünkte mich ein nicht gar so gefährliches Gehölz. Ich stolperte etwas hilflos zwischen den Bäumen umher und fand ein paar armselige Äste. Die knüppeldicken Prügel, die im Ofen etwas hergegeben hätten, hatten wohl schon andere geholt.
Seinerzeit hörten die Häuserreihen am Klusweg kurz nach der Hauptstrasse auf, und ich war ganz allein in dieser Gegend. Dazu war es damals, falls der Wind nicht wehte, auch tagsüber draussen oft ganz still. Den Motorenlärm, den wir heute wie ein Grundgeräusch überall hören, gab es noch nicht. Diese Ruhe war manchmal fast unheimlich. Mir wurde es in dieser Einsamkeit immer unbehaglicher zumute. Ich erinnerte mich an Geschichten von bösen Männern, die Kinder überfielen. Auch der Bannwart und der

Förster, die mich wegen Holzfrevels hätten bestrafen können, kamen mir in den Sinn.
Auf einmal ertönte vom Gempen her ein dumpfes Grollen. Wahrscheinlich übte das Militär in Seltisberg mit Handgranaten. Das gab mir den Rest. Ich dachte, da könnte der Weltkrieg ausbrechen, und ich hocke ganz allein im Wald. Ich band meine paar Ästlein zwischen den vier Stützen auf der Karrenbrücke fest und kehrte so schnell wie möglich nach Hause zurück. Die Mutter war über meine magere Holzernte gar nicht begeistert. Aber irgendwie muss sie gespürt haben, dass diese Art Holzerei nicht mein Handwerk war. Auf jeden Fall sagte sie nie mehr etwas von Holz sammeln, und unser Wägelein hinter dem Haus verrottete still vor sich hin. Ich hatte bei seinem Anblick jeweils gemischte Gefühle: Einerseits spürte ich eine Erleichterung, aber ich hatte auch immer ein bisschen ein schlechtes Gewissen.

Unser Haus

An einem Frühlingstag im Jahre 1947 fuhren meine Eltern mit mir im Tram von Basel nach Reinach. Sie taten ein bisschen geheimnisvoll. Wir spazierten durch das romantische Dörflein. Auf einmal sagte mein Vater: «Das isch es!» und zeigte auf ein Häuslein. Ich kam zuerst gar nicht draus, dann vernahm ich, dass dies unser Wohnhaus werden sollte.
Unserem Vermieter an der Birmannsgasse – gleichzeitig Vaters Arbeitgeber – war offenbar unsere siebenköpfige Familie zu gross geworden, und er bot meinen Eltern dieses Haus an der Hauptstrasse 71 an. Für neunzehntausend Franken konnten wir es haben. Da kann man sich vorstellen, was das für ein Palast war. Für unsere Eltern war es trotzdem eine grosse finanzielle Belastung. Heute ist mir klar, dass das eines der fünf, sechs Taglöhnerhäuschen war, die dort im Oberdorf standen. Heute ist immer die Rede von «Taunerhäuslein», diesen Ausdruck brauchte damals jedoch niemand.
Aber wir zogen noch lange nicht in dieses Haus ein. Zuerst mussten wir warten, bis die zwei Familien, die drin lebten, eine neue Wohnung gefunden hatten.

Dann nahm der Vater zwei Wochen Ferien, um das Haus ein bisschen umzubauen. Das Erdgeschoss war durch einen Gang geteilt, vorne und hinten eine Haustüre. Links und rechts des Ganges hatte es auf der Vorderseite zwei kleine Stüblein, hinten auf der einen Seite eine Küche und gegenüber die Treppe und eine Art Badezimmer. In einem Anbau hatte es einen ehemaligen Verkaufsladen mit einem Schaufenster und ein Lagerräumlein mit einer Treppe zu einem separaten Keller. Sonst aber waren nur die eine Stube und das Badezimmer unterkellert. Im oberen Stock waren drei kleine Kammern und eine winzge Küche. Überall unter den Dachschrägen waren ganz niedere winzige Räumlein voller Gerümpel.

Da konnte der Vater loslegen. Er riss die obere Küchenwand heraus, so entstand mit einer Kammer zusammen das Elternschlafzimmer. In den beiden anderen Räumchen sah er das Mädchen- und das Bubenzimmer für uns fünf Kinder vor.

Aus dem Badezimmer warf er einen kupfernen Holzbadeofen mit Messingarmaturen hinaus. Man stelle sich das kostbare Ding heute vor! Aus den Dachräumchen zog er mit dem Gerümpel auch alte Uniformen, Säbel und andere Antiquitäten. Das alles wanderte mit dem ganzen Abbruchmaterial ins Grienloch

und harrt dort der Ausgrabungen späterer Generationen. Die alten Balken und Bretter lagerte er als zukünftiges Brennholz im Garten hinten.
Dann kamen die Handwerker ins Haus. Schreinermeister Leo Meyer und Malermeister Klaus Lachat fingen an, das Nötigste in Stand zu stellen. Sie waren noch lange nicht fertig, als unsere Familie dann im September 1947 von Basel nach Reinach zügelte. Ich weiss nicht, ob heute noch jemand in so eine Bauruine ziehen würde. Überall arbeiteten die Handwerker. Das Dach hing durch und musste neu gedeckt werden, die Balken waren morsch und wurden verstärkt oder ersetzt. Im Laufe dieser Arbeiten krachte die eine Mauer des angebauten Schopfes zusammen. Als wir sie dann sofort wieder aufbauen liessen, stand schon der Polizist Salathé im Garten und wollte die Baubewilligung für diesen «Neubau» sehen.
Endlich war der Umbau einigermassen fertig. Hinter dem Haus lag ein riesiger Berg Abfallholz. Diese Bretter und Balken warteten darauf, von mir als Brennholz für unsere Zimmeröfen versägt und aufgeschichtet zu werden. Mit einem wackeligen Sägebock und einer alten Schreinersäge schuftete ich mich wochenlang ab, drückte mich, wenn es ging, und meinte, ich würde nie fertig mit dem

Haufen. Zum Glück halfen mir gelegentlich Kollegen dabei. Das arme Blatt der völlig ungeeigneten Säge machte mit den vielen rostigen Nägeln schlechte Zeiten durch.
Als dann der Garten endlich frei war, mussten Kaninchenställe, ein Hühnerhof und einige Gemüsebeete her. Wir Stadtleute waren plötzlich Kleinbauern geworden. Die Arbeit ging nie aus.
Dann hätte die Hausfassade verputzt werden sollen. Ein ortsüblicher Baumeister wäre wohl zu teuer gewesen. Darum kam der Schmidt, der an der Birs unten wohnte, zum Zuge. Er führte ein etwas improvisiertes Baugeschäft und tauchte bald mit seinem Handwerker, dem «Chilcher-Universal» und einem zahnlosen Handlanger auf. Er empfahl einen neuartigen Verputz, eine Jurasit-Mischung, die mit einem speziellen Apparat von Hand aufgespritzt wurde.
«Dä wird hart wie Granit», sagte er immer. Und dann begann der Universal, an dem Gerät zu kurbeln. Dort drin hatte es drehende Stahlzungen, und die schleuderten feine Mörtelteile an die Wand. Der Belag sah wunderschön aus. Jetzt musste er nur noch trocknen und härten. Das Gerüst wurde abgebrochen, und wir warteten. Getrocknet hatte der Verputz schon, aber hart wurde er nie. Mit dem Fingernagel konnte man die

Schicht fast zentimetertief abschaben. Irgendetwas war mit der Mischung schiefgegangen, vielleicht war auch gespart worden. Der Vater hatte wohl genug von der Umbauerei. Auf jeden Fall unternahm er nichts gegen die schlechte Arbeit und ihre Urheber. Es wäre sehr wahrscheinlich auch nichts zu holen gewesen.
Unsere Eltern eröffneten dann im Anbau einen Laden. Der Vater war offenbar so stolz auf sein renoviertes Haus, dass er das Lädeli grossartig «Wäschehaus zum Schlössli» nannte. Das trug mir in der Schule manch faulen Spruch meiner Kollegen ein.
Der hochtrabende Name nützte nicht viel, das Geschäft an dieser abseitigen Lage im Oberdorf war überhaupt kein Erfolg, und die Schlossherrschaften mussten ihren Betrieb bald wieder einstellen. Mir war das recht. Aus dem Laden wurde später Vaters Büro.
Den Lagerraum dahinter konnten wir kaum richtig nutzen, weil von dort aus eine breite Holztreppe in den Keller unter dem Ladenraum führte. Da beschloss der Vater einmal, wir sollten daraus ein Zimmer machen, und die Treppe müsse verschwinden. Also fingen wir an, vom alten Keller unter der Stube her einen Tunnel dort hinüber zu graben. Das war ein Abenteuer! Bis wir nur die Kellerwand des Anbaus herausgespitzt

hatten! Die Nachbarn erzählten uns, die Betonwände seien kurz nach der Einführung des Zements gebaut worden, und der Ersteller habe etwa gleich viel Zement wie Sand verwendet. Entsprechend war das Zeug hart wie Granit, und wir meisselten tagelang dran herum. Maschinen gab es ja noch keine. Dann mussten wir den unterhöhlten Stubenboden unterfangen und unseren Durchgang ausbetonieren. Und das alles im Heimwerkerverfahren, «Do-it-yourself» sagte ja noch kein Mensch. Da hätte der Polizist Salathé wieder kommen können wegen Baubewilligung und so. Aber dort unten sah uns ja niemand.
Ich bekam auf jeden Fall ein eigenes Zimmer im neu gewonnenen Raum.
In den folgenden Jahren litt die weiche Fassade ziemlich. Wo irgend etwas drangekommen war, hatte es Striche, Kratzer und Flecken. Einen Vorteil hatte das Ganze: Als der Vater nämlich im Jahre 1961 den fünfzigsten Geburtstag feierte, kratzte ich mit einem Eisen ein riesiges Fünfzig und drum herum einen Lorbeerkranz in die morbide Schicht, fast eine Art Sgraffito. Der Männerchor, der zur Feier singen kam, konnte das Kunstwerk bewundern. Der Vater akzeptierte den ungewöhnlichen Hausschmuck, weil er nämlich bald darauf

unser Haus wieder einmal umbauen und renovieren liess. Dann wurde die Fassade sowieso erneuert und frisch gestrichen.
Mit einer Vorderfront ohne Türe, dafür mit zwei neuen Fenstern sah unser Haus plötzlich modern aus. Man sah ihm seine Taunerhäuslein-Herkunft kaum mehr an. Innen war aus dem halben Gang und zwei Stuben ein Wohnzimmer entstanden, wo endlich die zeitgemässe Sitzgruppe mit Mosaiktischlein Platz fand, denn ohne solche ging es ja in den Sechzigerjahren nicht mehr.
Hinter dem Haus hatte der Vater eigenhändig eine Garage mit angebautem gedecktem Sitzplatz aufgemauert. Der Garten war ausgeebnet worden, Hühner und Kaninchen verschwanden und der obligate modische Rasen wartete darauf, mit einem Motormäher geschnitten zu werden. Jetzt waren wir wieder zeitgemäss und bei den Leuten.
Trotzdem wollte keines von uns fünf Geschwistern das Haus übernehmen, als die Eltern später etwas Kleineres suchten, unser Schloss verkauften und wieder nach Basel zogen. Der Lärm an jener Durchgangsstrasse war uns allen zu gross.

Heute steht das Häuslein nicht mehr. Es ist ein komisches Gefühl für mich, wenn ich dort an der Hauptstrasse 71 vorbeigehe und an der

Stelle, wo ich meine Kindheit verbracht habe, einen schicken Wohnblock sehe. Aber so ähnlich geht es wohl vielen Leuten, die mit uns aufgewachsen sind.
Reinach hat sich eben «gemacht» …

Die Kleidung

Als ich nach Reinach kam, fiel mir auf, wie die Kinder dort anders daher kamen als in der Stadt. Viele Buben hatten einen ganz kurzen Haarschnitt. Sie sagten dem:
«Y han e Mutz.»

Aber auch die Kleider waren anders. Buben trugen bis in die vierte, fünfte Klasse bei kaltem Wetter kurze Hosen und lange – meistens handgestrickte – Strümpfe. Der Bruder einer Klassenkameradin lief noch bis in die achte Klasse so herum. Ich trug diese Art Kleidung auch, bis ich etwa acht Jahre alt war. Mich regte daran vor allem das so genannte «Gstältli» auf, ein heute vergessenes, weisses Kleidungsstück, das wir fast wie einen BH über den Schultern trugen. Dort dran hatte es Knöpfe, und an denen baumelten lange schwarzweiss gestreifte Gummibändel mit einer langen Reihe von Knopflöchern. An diese Bänder wurden dann die Strümpfe angeknöpft. Eine ziemlich unattraktive Version von Strapsen! Wenn dann ein Knopfloch ausgerissen oder ein Knopf abgefallen war, gab es einen «Strumpflotzi», also eine Art Handorgelstrumpf. Dann juckten die Wollstrümpfe noch mehr als sonst. Wenn die Hosen und die Strümpfe etwas zu kurz waren, guckte zwischen beiden Kleidungsstücken ein nackter Streifen Oberschenkel heraus, ein komischer Anblick, eigentlich ähnlich wie bei Pippi Langstrumpf. Warum es so lange ging, bis diese komplizierte Montur von den praktische Strumpfhosen abgelöst wurde, kann ich mir nicht erklären.

In Basel waren spätestens in der dritten Klasse die «Knickerbocker» Mode, also diese Bundhosen, welche unterhalb der Knie mit einem komplizierten Verschluss oder einem breiten Elastikband festgemacht waren. Das weite Hosenbein fiel dann bis etwa in die Mitte der Waden rundum herunter. So hatten wir Spielraum zum Wachsen. (Ich nutzte diesen nicht optimal). «Käigelfänger» nannten einige Erwachsene diese Hosen. Oder einmal fragte mich eine Frau:
«Hesch d Hooseschysserhoosen aa?» und meinte, sie sei witzig.
Am schlimmsten war es, wenn ich wegen der Kälte dazu noch lange Unterhosen anziehen musste. Die damaligen Modelle aus rauhem Henkelplüsch und mit ihrem unmöglichen Schnitt erachtete ich sowieso als ehrverletzend. Dazu ergaben die losen Hosenbeine immer ein weithin sichtbares

«Gnuusch» in den Kniesocken. Alle sahen das, und ich kam mir gar nicht elegant vor.

Lange Hosen für Knaben galten als lächerlich, das gab es höchstens auf dem «richtigen» Land, also in den ausgesprochenen Bauerndörfern im Oberbaselbiet oder auch im Schwarzbubenland. Dort traten die Buben zur ersten Kommunion in dunkelblauen Herrenkleidern – Jacke, lange Hose und Krawatte – an. Diese Miniaturerwachsenen sahen in unseren Augen komisch aus. Später wurde dieses Tenue ja auch bei uns selbstverständlich.

Alle Mädchen trugen in der Schule eine Schürze. Meistens war es eine Halbschürze mit einem Latz vor der Brust und gekreuzten Bändeln auf dem Rücken. Aber manchmal trugen sie auch ganze Schürzenkleider, wie sie noch in italienischen Schulen zu sehen sind. Solche Schürzen mussten auch mein Bruder und ich noch gelegentlich tragen, der Vater arbeitete schliesslich in der «Birma», einer Fabrik für solche Kleidungsstücke.

In der Stadt liefen meine Schwestern im Winter mit langen Skihosen herum, auch wenn sie nicht gerade schlitteln gingen. Das ging in Reinach nicht mehr. Der Pfarrer und ein paar gestrenge Lehrer sorgten dafür, dass die Mädchen schön brav mit Röcken in die Schule kamen. Hosen an Mädchen galten als unanständig, und ab und zu wurde eines aus dem Religionsunterricht heimgeschickt, es solle sich umziehen. Meine Schwestern fügten sich diesem Diktat nur widerwillig. Zu einem Kirchenaustritt, wie in einem Reinacher Fall, kam es bei uns deswegen natürlich noch lange nicht.

Als dann um 1950 die ersten genieteten Hosen aufkamen, gab es in der Schule wieder Grund für Widerwärtigkeiten. Dieser harmlose Jeansverschnitt, den zwei Schulkollegen stolz trugen – schwarze Baumwollhosen mit gelben Nähten und riesigen Blechnieten – verleitete einen gehässigen Lehrer zu dummen Sprüchen:
«Wenn dr scho wänd mit so Cowboyhoose ummelaufe, söttet dr aber in der Geografy vo Amerika nit so Fläsche sy.»
Das fanden sogar wir neidischen Mitschüler zuviel.

Im Sommer liefen in Reinach viele Kinder barfuss. Ich schaffte das nie, denn bei jedem kleinsten Steinlein unter meinem Fuss hüpfte ich vor Schmerz auf. Das geht mir heute noch so. Unsere Eltern wären wohl froh gewesen, wenn ich bei warmem Wetter Schuhe gespart hätte.

In Basel bekamen die kinderreichen Familien im Winter vom Schulfürsorgeamt warme Holzschuhe. Das waren steife, hohe Lederschuhe mit einer Holzsohle. Damit wir diese nicht zu schnell abliefen und damit sie auf den Steinböden nicht zu laut klapperten, gab es dazu noch ein Päcklein dicke Lederflecken zum unten Aufnageln. Solche Schuhe konnte ich auch einmal fassen - oder besser gesagt: ich musste. Ich schämte mich nämlich ein bisschen mit diesen «Böchle», wie wir sie nannten. Zusammen mit Hosen aus dem so genannten Schülertuch – dem alle am Muster ansahen, dass es von der Fürsorge stammte – war ich als Kind einer unterstützungswürdigen Familie gezeichnet, und das passte mir gar nicht.
Zu meinem Glück war ich dann in Reinach aus den Holzschuhen herausgewachsen, und es gab keine so offensichtlichen Brandmarkungen ärmerer Kreise mehr.

Unserer Mutter wäre es – als geborener Italienerin – ein grosses Bedürfnis gewesen, dass ihre Kinder «wie us em Schächteli» daherkamen. Dafür reichte das Geld eben nicht. Sie ging aber immer wieder zu

Schwester Appolinaris in den Nähkurs und schneiderte uns etwas. Es gibt aus dieser Zeit eine Foto, auf der wir fünf Kinder wie Orgelpfeifen nebeneinanderstehen, die Mädchen in Blusen und wir Buben in Hemden, alle aus dem gleichen geblümten Stoff. Ich hatte zwar einen grossen Stolz auf Mutters Nähkünste, kam mir aber mit diesem Mädchendessin schon etwas weibisch vor.

Einmal nähte sie meinem Bruder und mir Hosen aus Stoff mit einem Fischgrätmuster, dazu kaufte sie uns schicke Kittel aus feinem, dunkelgrünem Manchestercord. Die hatten keine Kragenumschläge und waren ganz besonders elegant geschnitten. Ich kam mir irrsinnig gut vor, als der «Meier-Schygg» aus Reinach unser Tenue einmal strahlend kommentierte:
«Aha, Manchestro Gardini!»
Dass er zusammen mit diesem Lob den Mädchennamen unserer Mutter erwähnte, war für mich ein besonderes Kompliment.

Als ich um die fünfzehn Jahre alt war, hatte ich etwa die Grösse meines Göttis. Jetzt konnte ich anfangen, seine Kleider auszutragen. Einmal bekam ich von ihm ein paar schicke Sommerschuhe mit fein gelochtem Oberleder. Weil das zu dieser Zeit

gerade die einzigen Schuhe waren, die ich überhaupt hatte, musste ich sie für einen Schulausflug anziehen. Die ganze Realschule wanderte damals auf die Blauenreben. Meine leichten Schühlein mit ihren dünnen Ledersohlen waren für die steinigen Wege natürlich denkbar ungeeignet. Darum löcherte mich ein Lehrer unterwegs die längste Zeit mit der Frage, warum ich denn so falsche Schuhe angezogen habe. Weil ich mich dafür schämte, hätte ich diesem Plaggeist ums Verrecken nicht zugegeben, dass ich keine anderen hatte und blieb ihm eine gescheite Antwort schuldig.
(Viel später, als ich selber Lehrer war, machte ich beim Aufbruch zu einer Wanderung einem Italienermädchen Vorwürfe, weil es weisse Stoffschülein trug. Und ich hatte doch ausdrücklich gesagt, sie sollten gute Schuhe anziehen. Als es mich dann so verzweifelt anguckte, wusste ich plötzlich, was los war. Das Kind bestätigte es mir: Die einzig verfügbaren Schuhe! Meine eigene Schuhgeschichte, meine damalige Wut und Hilflosigkeit kamen mir in den Sinn, und ich musste mit den Tränen kämpfen. Das Mädchen brachten wir kommentar- und schadlos über Felswege und durch den Pflotsch).

Auch einen guten Anzug aus den Dreissigerjahren bekam ich einmal von meinem Götti. Dem grünen Kleid mit den Nadelstreifen, seinem taillebetonten Schnitt und dem breiten Revers war schon anzusehen, dass es einmal sehr modisch gewesen war. Die Mutter liess es chemisch reinigen, und dann musste ich es an einem Sonntag für den Kirchgang anziehen. Ich hatte ziemlich gemischte Gefühle. Schauten die Leute mich mit meinem tollen Gewand jetzt als Mann an, oder mussten sie einfach ob dem altmodischen Schnitt lachen? Der wollene Stoff juckte mich, das Lösungsmittel von der Reinigung hockte immer noch im Kleid und stach mich in die Nase, und ich hatte das Gefühl, alle starrten mich verwundert an. Ich hätte im Boden versinken können.
Ich weiss nicht, was ich geschaukelt habe, damit ich diese Schale nicht noch oft tragen musste, ich glaube, ich wuchs einfach ziemlich schnell daraus.
Von da an wehrte ich mich dafür, dass ich die Art, mich zu kleiden, selber auswählen durfte, auch wenn ich noch lange nicht das eigene Geld dazu verdiente.

Heute, wo alle so herumlaufen, wie sie wollen, ist es vielleicht für viele schwer zu verstehen, dass zu meiner Kinderzeit solche

Kleidersorgen wichtig waren. Aber damals gab es eben noch viel mehr gesellschaftliche Zwänge, wie «man» sein musste und sich zu geben hatte. Und wer daraus ausbrach, fiel unangenehm auf oder wurde eigenartigerweise als «Existenzialist» belächelt oder bewundert.
Ob allerdings die heutige Markengeilheit der Jungen und das damit verbundene Modediktat mehr Freiheit bringt, möchte ich eigentlich bezweifeln.

Läden und Lädeli

Zu unserer Kinderzeit hatte ja kaum jemand einen Kühlschrank, von Tiefkühltruhe schon gar nicht zu reden. Wir konnten also viele Lebensmittel gar nicht aufbewahren. Natürlich lagerten wir schon im Herbst Äpfel und Kartoffeln fürs ganze Jahr ein. Im Keller standen auch ganze Regale voll von eingemachtem Obst und selbstgekochter Konfitüre. Manchmal stampften wir auch Sauerkraut oder Sauerrüben ein. Aber fast alles andere, das wir zum Leben brauchten, mussten wir täglich in einem Laden einkaufen gehen. Dafür hatte es im kleinen Dorf Reinach – bei dreitausend Einwohnern um 1947 – erstaunlich viele Geschäfte.

Wir im Oberdorf gingen zu «Stephany». Das war ein kleiner Laden an der Ecke Bruggstrasse-Hauptstrasse. Dort verlangten wir dann die hundert Gramm Emmentaler oder das Kilo Mehl und Zucker.

Ein bisschen weiter unten war der Bäcker «Dutoit», dort gab es neben Brot und Weggli auch noch andere Lebensmittel, eigentlich gleich wie beim Bäcker «de Stefani» im Dorf. Dessen Name führte immer wieder zu Verwechslungen mit dem «Stephany».

Daneben hatten dann die beiden «Max Ritter», Vater und Sohn, eine Metzgerei und das winzige Beizlein «Metzgerstüübli».
Gegenüber hatte «Borer» einen Lebensmittelladen. Dort war das staatliche «Salz-Depot». Das hatte etwas mit der kantonalen Salzhoheit, dem «Salzregal», zu tun und bedeutete, dass nur dieser Laden Salz verkaufen durfte. So mussten eben alle ab und zu bei Borer ihre Einkäufe machen. Es brachten es wohl nur wenige fertig, nur gerade Salz zu kaufen.
Im «Borerlädeli» standen grosse Behälter mit Hahnen. Dort gingen wir unsere schönen geschliffenen Öl- und Essigflaschen, die im Küchenschrank eingebaut waren, auffüllen lassen.
Borers boten aber auch das an, was früher «Mercerie und Bonneterie» genannt wurde, also Wäsche, gewisse Kleidungsstücke, Wolle, Nähzeug und solche Sachen. Unsere Familie führte bei uns im Oberdorf auch einen Laden mit ähnlichem Zeug. Darum genierte ich mich immer ein wenig, wenn ich bei der Konkurrenz einkaufen musste.
Ich weiss noch, wie ich einmal meinen Einkaufszettel vor dem Ladentisch abgelesen habe, Frau Borer ging alles holen und stellte es vor mich hin. Und am Schluss sagte sie lachend und zutreffend:

«Das git e schöne Chueche!»
Da war ich ganz erleichtert, sie war mir offenbar nicht böse.
Heute kann ich mir vorstellen, dass Borers unter unserer Konkurrenz kaum gelitten haben. Unser Unternehmen ging ja auch bald wieder ein – kein Wunder bei dieser ungeeigneten Geschäftslage!
In der Kirchgasse gab es ja auch noch das «Schneider-Lädeli», welches das gleiche Sortiment führte – mit viel mehr Auswahl und mehr Erfolg.
Schräg hinter Borer eröffneten andere Schneider in diesen Jahren ein Eisenwaren- und Haushaltgeschäft. Vorher mussten alle für jede Schraube nach Dornach zum «Sutter» gehen, es sei denn, sie kannten einen Schreiner, der ihnen aushalf.
Der «Grellingerbegg» hatte nebenan einen winzigen Laden. Jeden Samstag musste ich dort ein «Söibüüchli» holen. So nannte unser Vater die länglichen Milchweggli mit den spitzen Zipfeln obendrauf. Er wünschte sich am Sonntagmorgen immer so eines auf den Frühstückstisch, um es in den Milchkaffee tunken zu können. Wir Kinder hätten das eigentlich auch gewollt, aber zu solchem Luxus reichte es nur für den Ernährer, und wir Kinder mussten auf die Festtage warten.

Es gab noch mehr Läden im Dorfkern: Der Rössliwirt, Theophil Meier oder «Ressli-The», führte auch eine Metzgerei. Wir Kinder bekamen von ihm beim Einkaufen manchmal ein Rädlein Wurst oder «e Stiggli Verschnittes».
Gegenüber der Gmeindeverwaltung war die einzige Drogerie. Es führten zwei Stufen abwärts ins Geschäft. Mich dünkte es als Kind, dort drin gehe es immer ein bisschen zu vornehm zu.
Auf der gleichen Seite gab es zwei Geschirrläden, der von Baier und ein bisschen weiter unten der von Frau Kym, die immer auf dem Häfelimärt an der Herbstmesse den ersten grossen Stand hatte, denselben, den ihre Nachkommen heute noch führen.
Beim nächsten Laden, auf der anderen Seite der Strasse, ging es eine breite Treppe hoch. Dort war der «Andrees-Myli», wieder ein Lebensmittelgeschäft, verbunden mit einer Niederlassung der Kantonalbank
Im gleichen Haus wie die «Brauerei» war der «ACV», «Allgemeiner Consumverein» hiess das, heute Coop. Die Leute sagten einfach: «Y gang ins Konsi».
Wir mit unserem Laden waren Mitglied des Reinacher Gewerbevereins, der Vater sogar eine Zeit lang Präsident, darum durften wir nie

dort hineingehen und die verpönte Konkurrenz unterstützen.
Gegenüber, im «Milchhüüsli» – damals offiziell noch «Milchzentrale» – gab es nur Milch, Butter, Eier und drei, vier Sorten Käse. Später machten sie dort dann noch selber Joghurt. Die Butter kauften wir in kleinen Hundertgramm-Ballen. Erstens gab es bei uns nur eine dünne Schicht Anken aufs Brot, und zweitens wäre mehr – ohne Kühlschrank – nur ranzig geworden.
Das letzte Geschäft im Dorfgebiet war das «Geiserläädeli» in einem alten Bauernhaus am unteren Rank. In diesem düsteren Laden ging es noch ganz urtümlich zu. Wenn du Mehl, Reis oder andere lose Ware verlangtest, zog Frau Geiser eine Schublade am Verkaufstisch heraus und mass die nötige Menge mit einer schmalen Handschaufel in eine Tüte ab. Auf einer Waage mit Gewichtsteinen schaute sie, dass das Mass stimmte.

Dann gab es noch einen Laden im Talacker, den «Wyprächtiger». Wie die sich in diesem winzigen Viertel halten konnten, weiss ich nicht. Die Leute waren eben noch nicht so mobil und profitierten offenbar von der Nähe.
Bei der Tramhaltestelle Surbaum war ein zweiter Konsumladen, denn das Dorf lag für

diese «inneren» Quartiere doch ein bisschen weit weg..
Mit Brot wurde dieser Ortsteil vom «Dahlerbegg» bedient. Der führte an der Fleischbachstrasse eine schöne Bäckerei. Er fuhr daneben auch mit einem Handwagen durch die Strassen und bot seine Ware einer festen Kundschaft an. Später hatte er dafür den ersten VW-Bus weit und breit.

Nach und nach wurde in Reinach dann alles anders. Das Lädelisterben setzte auch hier ein. Die Grossverteiler kamen und stellten ihre prächtigen Konsumtempel auf.
Dazu bleibt mir ein Rätsel – es hängt wohl mit meiner Vorstellung von Dorfmitte und Dorfrand zusammen – , nämlich:
Wieso heisst eigentlich dieser Reinacher Geschäftskomplex an der Angensteinerstrasse, der für mein Gefühl eindeutig abseits am Dorfrand steht, ausgerechnet «Im Zentrum»?

GRELLINGER

Das Elfertram

Was sich seit meiner Kindheit ganz gewaltig geändert hat, ist das Elfertram von Reinach nach Basel. Die Strecke hiess früher TBA, Trambahn Basel - Aesch und führte in der Stadt nur bis zum Aeschenplatz. Die Linie wurde von den BVB mit prächtig alten, grünen Tramwagen betrieben. Der bekannteste darunter war die grosse «Dante Schuggi», die noch heute manchmal als renoviertes Nostalgietram unterwegs ist. Den Namen bekam der Wagen offiziell zum ersten Mal bei einem Tramjubiläum, als alle Triebwagen ein Jahr lang mit Namen angeschrieben waren. Wir Kinder hatten diesem Tram, das übrigens eine ähnliche, kleinere Schwester hatte, schon immer so gesagt.

Es gab auf der ganzen Strecke nur am Aeschenplatz eine Kehrschlaufe. In Aesch wurde der Triebwagen über zwei Weichen von einem Zugsende ans andere manövriert, und das Tram fuhr sozusagen rückwärts. Das war kein Problem, denn die Triebwagen hatten hinten und vorne einen Führerstand, und weil es auf beiden Seiten der Wagen Türen hatte, klappte das Ein- und Aussteigen auch in der Gegenrichtung.

Seinerzeit hatte es eine Haltestelle direkt beim Neuhof und bei der Einmündung der Bruggstrasse. Die Birsigtalstrasse als Fortsetzung der Bruggstrasse existierte noch nicht. Dort lagen noch der Kreuzgarten und der Leuweg. Und nebendran stand das abbruchreife Restaurant «Kreuz» ganz nahe an der Strasse. Heute stünde diese «Villa Sorgenlos» – wie sie alle nannten – mitten auf der Fahrbahn. Die Haltestelle hiess aber offiziell «Dornacherstrasse», obwohl die Strasse nach Dornach wegen des «Dornacherwegs» schon lange in «Bruggstrasse» umgetauft worden war. Das gab manchmal ein Durcheinander mit dem Billeteur, wenn jemand aus Versehen einmal Bruggstrasse verlangte. Die Haltestellen «Reinach Süd», «Vogesenstrasse» und «Lochacker» existierten noch nicht. Es gab überhaupt auf der ganzen Strecke weniger Haltestellen, oder ein paar wurden seither verlegt oder umbenannt. Trotzdem dauerte eine Fahrt zum Aeschenplatz viel länger als heute. Und geschwankt haben diese Wagen manchmal auf offener Strecke! Uns Kindern wurde es beim Fahren regelmässig übel, besonders in den Anhängern, in denen damals noch geraucht werden durfte.

Wie das Tramfahren früher ablief, wissen die heutigen jungen Leute sicher nicht mehr. Jeder Tramzug wurde von einem oder zwei Billeteuren – später auch Billeteusen – begleitet. Diese gingen durch die Wagen und verkauften den Leuten Fahrkarten. Dazu mussten sie unterwegs den Wagen wechseln. Hinten und vorne an allen Wagen gab es schmale Türen, die sie mit einem Vierkantschlüssel öffneten. Dann stiegen sie über zwei winzige, abklappbare Plattformen von Wagen zu Wagen. (Manchmal hatte der eine oder andere Knabe auch so einen Vierkant im Sack. Und so weiter ...).
Bei jeder Haltestelle lehnten sich die Billeteure weit aus der Türe und schauten, ob alle eingestiegen seien. Dann zogen sie an einem Schaltknopf, und beim Wagenführer vorne ging ein Licht aus. So wusste dieser, dass er abfahren durfte.
Beim Billettkauf mussten wir dem Fahrpersonal immer sagen, wohin wir wollten, dann bekamen wir je nach Streckenlänge einen verschiedenfarbigen Fahrschein. Wenn wir umsteigen wollten, galt der als Umsteigebillett. Da drauf war ein Netzplan, und der Billeteur knipste ein Loch an unser Ziel. Im letzten Tram des Weges wurde das Papierlein dann zerrissen. Jede Zange stanzte eine andere Form von Loch heraus. Die Zange

brauchten sie aber auch, um die dickeren Tramkärtli zu lochen. Die konnten wir im voraus ein bisschen günstiger kaufen. Dort drauf hatte es eine ganze Tabelle voller Nummern, und je nach Ziel wurden uns mehr oder weniger Felder gelocht.
Für uns Kinder gab es auch beige und blaue Schülerkarten. Mit diesen brauchte es nur ein Feld pro Fahrt. Wenn wir beim Knipsen unauffällig die Hand unter die Karte hielten, konnten wir manchmal das herausgestanzte Flöcklein auffangen und es später wieder im Billett einsetzen. Vielleicht merkte es der nächste Billetteur nicht. Schlechtes Gewissen inbegriffen ...!
Hinten auf diesen Billetten stand:
«Wär jung isch, stoot us Heefligkait,
dr Dramdiräggter het das gsait!»
An so etwas hielten wir uns seinerzeit. Es war auch besser für uns, denn die Leute getrauten sich noch zu reklamieren, wenn die Kinder den Grossen den Sitzplatz wegnahmen.

Als ich dann ein paar Jahre lang in Basel zu Schule ging, traf sich immer die gleiche Clique auf der hintersten Plattform des letzten Wagens. Da fanden sich sogar Jugendliche aus Reinach mit solchen aus dem so fremden Aesch zusammen. Ich habe heute noch ein paar Bekanntschaften aus jener Zeit.

Vor dem Aeschenplatz hingen wir alle schon beim Einfahren auf den Trittbrettern und sprangen in der ersten Rechtskurve vom langsam fahrenden Tram auf die Fahrbahn hinunter, um näher bei den anderen Linien zu sein. So etwas war natürlich – wie auch das Aufspringen während der Fahrt – verboten. Es stand mit anderen Hinweisen und Verboten wie z.B. «Beim Aussteigen: Linke Hand am linken Griff!» ganz deutlich auf schmalen weissen Emailschildern neben der Türe. Der Verkehrspolizist in seiner Kanzel schaute jeweils nur hilflos auf die wilden Massen hinunter. Das gefährliche Spiel konnte erst mit den modernen Wagen, die schon Drucklufttüren hatten, abgestellt werden.

Ein damals noch eher harmloses Tramspiel machten wir als Schulkinder mit schwedischen Zündhölzern. Das ging auch nur, weil es zeitweise noch fast keinen Autoverkehr hatte. Wir legten die Hölzer mit den roten oder grünen Köpfen – die, welche man an jedem rauen Stein anreiben konnte – in einer langen Reihe nebeneinander auf die Tramschiene. Wenn das Tram dann drüberfuhr, krachte es unter dem ersten Rad bei jedem Zündköpfchen. Wir fanden es lustig, wenn der

Wagenführer bei diesem Trommelfeuer ganz verdutzt aus seinem Tram guckte.
Manchmal legten wir auch eine Münze oder ähnliche Gegenstände auf die Schiene und schauten dann, wie das Ding vom Tramgewicht verformt worden war. Zu viel Geld wollten und konnten wir allerdings dafür nicht investieren.

So verrücktes Zeug, wie sich einige Junge heutzutage leisten, wenn sie sich zum Beispiel nachts hinten auf die Tramkupplung stellen und mitfahren – «Tramsurfen» soll das heissen – machten wir aber nicht. Wir fanden offenbar unsere Herausforderungen und den nötigen Kick noch im täglichen Umgang mit schwierigen Schulmeistern, dem Dorfpolizisten Salathé und anderern strengen Erwachsenen.

Fasnacht in Reinach

Meine ersten Fasnachtserinnerungen habe ich noch aus meiner Basler Zeit. Die Mutter legte grossen Wert darauf, dass wir an der Fasnacht höchstens ein Kostüm, aber ja keine Larve trugen, denn die verspätete Basler Fasnacht liegt in der Fastenzeit, in der den Katholiken solche Vergnügungen eigentlich verboten waren. Deswegen wurde auch immer am Wochenende vor dem Aschermittwoch in der Mustermesse der «MKV» abgehalten, der «Maskenball Katholischer Vereine». Aber der war ja nicht für Kinder. Später wurde das alles zum Glück grosszügiger gehandhabt, und mein Vater war sogar aktives Mitglied der «Staubsuuger», einer legendären Schnitzelbänklergruppe.

Für mich war es aber eine Erlösung, als wir nach Reinach kamen. Da gab es ja wie heute noch die Herrenfasnacht, alles vor der Fastenzeit, und wir konnten mit gutem Gewissen dabei sein.
Das Schönste für uns war die Fasnacht an den Nachmittagen im Dorf. Da wimmelte es von Kindern. Die einen spannten Fasnachtsbändeli über die Strasse und warteten, bis ein Auto kam. Das zog dann den Bändel mit, und wir

fanden das unheimlich lustig. Andere schossen mit Knallpistolen oder schmissen sich über die Strasse Kracher an. Viele Kinder waren auch verkleidet. Wir traten einfach mit irgend einem Fantasiekostüm auf. Es gab zwar keinen baslerischen Larvenzwang, aber am schönsten war es doch, wenn die andern uns nicht kannten. Mir gelang das nie. Nach fünf Meter Gehen mit meinem typischen Chaplin-Schritt rief alles: «Lueg, dr Hänggi chunnt!»

Später einmal, als uns dann die Mädchen wichtig wurden, machten wir auf schick. Ich hatte beim Heizen herausgefunden, das Brikett-Asche schön hellbraun färbt. Davon strichen ein Kollege und ich uns ins Gesicht und malten uns mit angebrannten Weinkorken einen Schnurrbart und Koteletten. Dann setzten wir Sombreros aus Stroh auf, zogen farbig karierte Wolldecken wie Ponchos an und gingen als Mexikaner ins Dorf. Als mein heimlicher Schwarm zu mir sagte, ich sehe irrsinnig gut aus, war ich unglaublich stolz. Ich gab mich aber ganz lässig und getraute mich nicht, ihr zu sagen, dass mein prächtiger Auftritt hauptsächlich ihr gegolten hatte.

Eine besonders lustige Figur, die ich vorher nicht gekannt hatte, war in Reinach «dr Usgstopft» . Da verkleideten sich vor allem

Bauernbuben mit einem alten Übergewand des Vaters und stopften alle zu grossen Zwischenräume mit Stroh aus. Dann zogen die plumpen Gestalten eine Larve und darüber eine schwarze Stallkappe mit einem Zipfel an und torkelten dann mit einem Weidstecken in der Hand in breiten Grättimaaschritten ins Dorf. Alle Kinder kamen gerannt und versuchten, den wackligen Gesellen umzustossen. Er fiel zwar jeweils ziemlich weich, aber mit seinem ausgestopften Kleid konnte er ohne fremde Hilfe nicht mehr aufstehen.

Offenbar herrschten auch Heisch-Bräuche, wie wir sie heute nur noch aus anderen Fasnachtsgegenden kennen. Kindergrüpplein zogen nämlich von Beiz zu Beiz, sangen vor den Gästen Lumpenliedlein und sammelten dann mit einer Büchse Geld ein.
Zwei Nachbarbuben und ich dichteten einmal miteinander einen furchtbar holprigen Schnitzelbank, kopierten ihn mit viel Kohlepapier ein paarmal auf einer alten Schreibmaschine und zogen damit ins Dorf. Dort sangen wir ihn vor Wirtshausgästen und bekamen Geld oder etwas zu trinken. Damals gab es im Dorf noch zwei Maskenbälle, der eine vom Katholischen Turnverein im grossen Schlüsselsaal, der andere vom Männerchor im

Saal des Ochsen. Wir hatten sogar den Mut und – erstaunlicherweise – auch die Erlaubnis der Eltern, abends an beiden Bällen zu singen. Es ging alles gut, bis im Ochsen Lehrer Kunz kam und fand, wir Kinder hätten da nichts verloren und müssten jetzt sofort heimgehen. Ziemlich enttäuscht zottelten wir ab. Wenigstens war etwas in der Sammelbüchse!

Eine besondere Gestalt an der Reinacher Fasnacht war der Kury Robi. Zur Freude von uns Kindern fing dieser ältere Wegmacher schon um die Weihnachtszeit herum an, Fasnacht zu machen. Mit einer besonderen, ganz beweglichen Gummilarve, die ihm sein Bruder aus Amerika geschickt hatte, auf dem Kopf, einem Alti-Dante-Kostüm und einem Requisitenwägeli zog er ins Dorf und intrigierte in seiner Nuschelsprache alle, die ihm begegneten.

Am Fasnachtsmontag um fünf Uhr machten wir Buben manchmal einen Morgenstreich. Wir zogen einfach mit Lärminstrumenten durch die Gassen und weckten die Leute auf oder erschreckten sie vielleicht. Auf einen Mann im «Häilige Gässli» hatten wir es besonders abgesehen. Der reizte uns, weil wir wussten, dass er jedesmal wütend wurde, wenn wir mit unserem Radau bei ihm

vorbeikamen. Dann kam er in den Garten herausgerannt, hängte uns alle «Schlötterlig» an und schmiss uns manchmal Holzscheiter nach. Einmal habe er sogar mit einem Gewehr geschossen. Das habe ich zum Glück nicht erlebt. Ich hatte schon so genug Herzbobbern beim Vorbeilaufen. Eigentlich ein brutaler Spass!
Noch mehr Schiss hat mir allerdings ein anderer gemacht. Unter all den übernächtigten und ziemlich angedudelten Nachtschwärmern trafen wir einmal auf unserer Morgentour auf einen dorfbekannten Mann. Von dem wurde unter uns Jungen erzählt, er stehe eher auf Buben. Ich wusste damals gerade seit ein paar Tagen, dass es so etwas überhaupt gibt und dass er so einer sei. Und ausgerechnet der sprach mich an und fragte mich, wohin ich wolle. Ich zeigte ihm meine Giesskannentuba und sagte, ich wolle spielen gehen. Da machte er so ein seltsames Gesicht und sagte, er wolle unbedingt mit mir spielen gehen. Mir jagte das einen Schrecken ein, und ich lief davon zu meinen Kollegen. Er strich mir noch den halben Morgen nach, und ich hatte furchtbar den Bammel. Zum Glück hatte er einen Rechten in der Lampe und konnte nicht mehr schnell genug gehen. Ein bisschen hatte er mir schon meine harmlose Fasnachtsfreude verdorben.

Weil «man» über so etwas nicht redete, konnte ich daheim natürlich nichts von dieser beängstigenden Begegnung erzählen.

Heute hat Reinach eine Riesenfasnacht mit verschiedenen Veranstaltungen für Kinder und Erwachsene. Dazu gehört auch ein toller Umzug. Es gibt dabei zum Glück viele Dinge, die immer noch typisch sind für dieses Dorf. Aber manchmal denke ich schon, beim Umzug müssten sie aufpassen, dass er reinacherisch bleibt und dass daraus nicht eine Marschübung für Basler Cliquen und Guggemuusige wird. Wie wärs mit ein paar «Usgstopfte»?

Ein Weihnachtsgestürm

Am Nachmittag eines Heiligen Abends wären noch ein paar Geschenkeinkäufe fällig gewesen, aber unsere Haushaltkasse hatte wieder einmal Ebbe. Kein Wunder bei fünf Kindern!
Die Mutter musste zuerst warten, bis in unserem armseligen Laden im Reinacher Oberdorf noch ein paar Leute ihre Weihnachtsgeschenke gekauft hatten, damit wieder Bargeld da war. Endlich hatten wir den nötigen Betrag beieinander, und ich wurde gegen Abend mit Tasche und Geldbeutel in die Stadt geschickt. Zeit blieb mir nicht mehr viel.
Zuerst musste ich mit dem Tram ins St. Johannquartier fahren. Von einem Schuhgeschäft dort unten hatten wir nämlich einen Einkaufsgutschein, ich glaube, es war eine Weihnachtsgabe der Gewerkschaft. Eine meiner Schwestern hatte dort mit der Mutter zusammen einige Tage vorher ein Paar Schuhe auslesen dürfen, aber die Mutter hatte den Fehlbetrag, der über den Gutschein hinausgegangen war, nicht bezahlen können. So waren die Schuhe reserviert worden, und ich musste sie im letzten Moment noch holen,

sonst hätte meine Schwester abends eben kein Geschenk gehabt.
Im Geschäft war zuerst noch ein Durcheinander, weil sie die Schuhe nicht fanden, und dann gab es irgend ein Theater wegen dieses Gutscheins. Und das so spät am Nachmittag! Ich war wie auf Nadeln.
Endlich kam ich mit den Schuhen in der Tasche aus dem Laden. Es war schon dunkel. Dann musste ich in den Globus sausen. In der Spielwarenabteilung gab es so billige, kleine Holzskis, der sehnlichste Wunschtraum unseres sechsjährigen Brüderleins.
Ein paar Minuten vor Ladenschluss stürmte ich als einsamer Kunde in die Abteilung. Ich hatte Angst, es würde mir nicht mehr reichen. Die Verkäuferinnen waren natürlich schon beim Aufräumen und schauten mich ganz schief an, als ich anfing, die Skis zu suchen. Ich fand sie nirgends. Ganz nervös dachte ich:
«Jetz sin die usverchauft und ich bi wirgglig zspoot !»
Ich musste dann eben eine der Frauen um Hilfe anbetteln. Da kam ich aber an die Falsche:
«Die hämmer gärn, wo no im letschte Momänt mit so Ychöif chömme. Wie wenn das nit scho lang Zyt gha hätt! Die Schy muess y jetz no im Laager go hoole.»

Mir war es saupeinlich, und ich schämte mich. Natürlich hatte auch ich gemerkt, wie daneben es war, noch so knapp vor Weihnachtsfeierabend Spezialwünsche anzubringen. Aber gleichzeitig hatte ich eine Sauwut im Bauch.
«Du hesch jo käi Aanig, du dummi Gans, wie s mir und uns goot! Mir hän dängg s Gäld nit vorhär gha!»
Das hätte ich am liebsten herausgeschrien, aber ich getraute mich natürlich nicht. Ich schämte mich einfach und machte keinen Mucks. Aber mit den Tränen habe ich gekämpft!
Die Ski bekam ich dann doch noch und bezahlte sie bei einer ungeduldigen Kassiererin. Als einer der Letzten schlüpfte ich aus dem Warenhaus und rannte aufs Tram.

Als der kleine Bruder René spät abends unter dem Weihnachtsbaum seine Ski ausgepackt und angeschnallt hatte und dann damit freudig durch die Stube stapfte, hatte ich das ganze unfestliche Gehetz, meine Scham und meine Wut vergessen. Ich war nur noch stolz und glücklich, dass ich geholfen hatte, einen Weihnachtswunsch zu erfüllen.

Viel Arbeit

Fast alle Kinder mussten zu unseren Zeiten daheim mehr oder weniger mitarbeiten, sei es beim Einkaufen, beim Gemüserüsten in der Küche oder beim Putzen, Bodenwichsen und Blochen, aber auch draussen beim Holzspalten oder Gartenjäten, beim Füttern und Ausmisten der Kaninchen und Hühner und bei anderen Hilfsarbeiten.
Ich machte dieses Zeug nie gerne. Erstens war ich eine Leseratte, die viel lieber mit den Büchern in eine fremde Welt abschlich, und zweitens wurde ich bei körperlicher Arbeit immer rasch müde. Das ist heute zum Glück anders.
Eigenartigerweise arbeitete ich bei fremden Leuten viel lieber. Vielleicht auch, weil dort meistens etwas dabei herausgesprungen ist.

Meinen ersten Lohn holte ich mir in Basel als etwa Sechsjähriger in der vornehmen Villa nebenan. Ich war nämlich als schmaler Wurf der Einzige, der hinter den grossen, turmartigen Kachelofen schlüpfen konnte. Dort musste ich bei der Frühlingsputzete alle Borde feucht abwischen. Zu diesem Job kam ich zwei, drei Jahre lang immer wieder. Als

Lohn erhielt ich jeweils einen zuckersüssen Riesenprussien.

Als wir dann in Reinach wohnten, kannte mich bald einmal der Schindelholz-Bauer am Klusweg, denn bei ihm mussten wir die Glühbirnen kaufen gehen. Er führte als einziger das Lampendepot der Elektra Birseck. Eines Abends fragte er mich, ob ich anderntags mit ihm aufs Feld käme, um Durlips, also Runkelrüben, aufzulesen, es gäbe dann ein Zoobe. Ich sagte sofort zu, offenbar hatte ich mir zu Herzen genommen, was auf dem verzierten Schild an seiner Scheune stand:
«Des Vaterlandes Macht und Kraft beruhet auf der Landwirtschaft!»
So wurde ich fast so etwas wie ein Bauernknechtlein. Am ersten Tag ernteten wir die Durlips, schüttelten die Erde ab und warfen sie auf Haufen. Dann luden wir sie auf und führten sie mit Ross und Wagen heim. Am zweiten Tag musste ich in der Scheune das Kraut von den Rüben schneiden. Da hatte ich zum ersten Mal das Wahrzeichen von Reinach in den Händen: Ein Hoggemässer!
Zum Zoobe gab es dann eine Chümmiwurst mit Brot, eine ganze für mich allein! Und dazu Süssmost.

Weitere Landeinsätze erlebte ich zweimal auf dem Sternenhof. Der Pächter Nussbaumer liess in der Schule verkünden, er brauche Kinder zum Kartoffelnauflesen. Ganze Scharen kamen helfen. Ein Knecht fuhr mit einer Maschine – einer Art Schleuder – über den Acker und schlug damit die Kartoffeln aus den Furchen. Unsere Kinderbrigade war in Gruppen aufgeteilt. Wir sammelten die Kartoffeln in Drahtkörbe und füllten sie dann in Säcke ab, die auf dem Feld verteilt waren. Trotz der harten Arbeit war eine lustige Stimmung unter all den vielen Knaben und Mädchen.
Als Lohn gab es zuerst ein grosszügiges Zvieri und dann auf dem Hof ein Znacht mit Rösti, gebratenem Fleischkäse und Salat. Wir sassen in langen Reihen auf Waldfestbänken draussen im Hof. Nachher drückte der Nussbaumer Viti jedem Kind einen Zweifränkler in die Hand. Bevor wir heimgingen, durften wir noch auf dem Hof und in der Scheune spielen. Dabei verlor ich einmal meinen grossen Batzen, der für mich viel Geld bedeutete. Aber ein Kind fand ihn wieder, und ich bekam ihn glücklich zurück.
Doch eine gute alte Zeit?

Einmal waren unsere Eltern während der Sommerferien für zwei Wochen in Italien. Sie

besuchten zum ersten Mal nach dem Krieg Mamas Verwandtschaft. Meine grösseren Schwestern schmissen den Haushalt. Ich hätte in dieser Zeit den Garten in Schuss halten sollen, aber ich schob die Jäterei immer hinaus und zottelte ins Dorf. An der Hauptstrasse 55, wo früher der Walter Edi seine Schmiede hatte, war die Carrosseriefirma der Gebrüder Hohler. Dort schaute ich manchmal zu, denn alles lief bei offenen Toren oder auf dem Vorplatz ab. Einmal fragte mich Karl Hohler, ob ich etwas arbeiten wolle. Er bot mir dreissig Rappen Stundenlohn an. Das passte mir, und ich fing an, ausgespachtelte Kotflügel glattzuschleifen, Wagen zu waschen und andere einfache Arbeiten zu verrichten.
Eines Tages nahm mich Hohler mit dem Elektromobil des Milchmanns mit, und wir fuhren ins St. Alban-Tal. Dort war früher ein ziemlich heruntergekommenes Industrie- und Wohnviertel, darum wohl der Name Dalbeloch. In einer stinkenden Batteriefabrik wurden die Akkus des Milchautos ausgebaut und erneuert. In der Zwischenzeit musste ich die Akkukammern mit einer giftigen, säurefesten Farbe ausstreichen. Den Namen der klebrigen Masse weiss ich noch heute: «Chlor-Kautschuk». Ich denke nicht, dass heutzutage Kinder an solche nicht ganz ungefährliche Arbeiten herangelassen würden.

Dann spritzten die Hohlers einmal einen tollen, italienischen Sportwagen mit Metallicfarbe um. Die ganze Oberfäche war danach ziemlich rubbelig. «Orangenhaut» sagte dem der Fachmann. Die sollte von mir mit Schleifpaste und Putzfäden weggeschliffen werden, bis die Fläche fein und glatt war.
«Wien e Kinderfuudi!» sagte Hohler. Jetzt hatte ich für eine Zeit lang Arbeit! Ich fummelte so wild drauflos, dass das Auto nach drei Tagen wie ein Spiegel glänzte. Ich spürte meine Arme fast nicht mehr. An einer Stelle, die zuerst nie recht glatt werden wollte, übertrieb ich mit Reiben und Polieren sogar so, dass die Grundierung wieder hervorkam. Der Chef schaute etwas schief und musste dort nochmals etwas nachspritzen. Aber mit dem Rest der Arbeit war er sehr zufrieden, und er zahlte mir meinen Lohn gerne aus.
Wer nicht zufrieden war, kann man sich denken: Die zurückgekehrten Eltern hatten am ziemlich verwilderten Garten gar keine Freude. Aber ich kam noch einmal glimpflich davon.

Im Sommer darauf arbeitete ich gerade nochmals in einer Carrosseriebude, bei Stöcklin am Klusweg. Er bot mir sechzig Rappen in der Stunde. Ich war ja schliesslich schon fast ein Fachmann! Der doppelte Lohn –

ein Saugeld! Einmal musste ich mit Salmiakgeist einen blechernen Möbelwagen ablaugen. Die Ammoniakdämpfe stiegen mir immer wieder so stechend in die Nase, dass ich jeweils fast von der Leiter kippte.
«Das isch guet gegen e Schnuppe!» sagte Stöcklin nur dazu. Ich weiss nicht so recht…

In der Bacher AG arbeitete ich auch einmal während der Frühlingsferien. Da war ich schon sechzehn. Zuerst musste ich in der Buchhaltung tagelang Girozettel ablegen. Dann wurde ich in den Betrieb versetzt und musste Dichtungsschnüre in Frühbettfenster kleben. Dazu brauchte es einen flüssigen Leim, der wahnsinnig stark roch. Wieder so etwas, das mir heftig in die Nase stieg – wenn auch nicht gerade unangenehm. Seither weiss ich jedenfalls, woran sich die «Sniffer» ergötzen.
Am Samstagmorgen wurde damals noch gearbeitet. Ich musste jeweils helfen, die Werkstätten zu putzen – gemeinsam mit den Lehrlingen. Darunter waren auch ein paar ehemalige Schulkollegen. Ich kam mir als Hilfsarbeiter unter diesen Fachleuten ein bisschen komisch vor.

Während meiner Ausbildung konnte ich einmal eine Zeit lang im Auftrag der

Gemeinde als Geometergehilfe arbeiten. Wir waren eine Dreiergruppe: Der Kreisgeometer, sein Fachgehilfe, Robi Leuthard, und ich. Mein Posten wäre eigentlich der des Hilfsarbeiters für das Grobe gewesen. Ich hätte nach dem Vermessen mit Locheisen, Pickel und Schaufel die Löcher für die Grenzsteine graben müssen. Aber Robi hatte Erbarmen, wenn ich mit dem schweren Werkzeug nicht so ganz zurecht kam.
«Es wär jo nit my Arbet!» sagte er dann freundlich und nahm mir das Eisen oder die Schaufel aus der Hand, und ich durfte statt zu krampfen die rotweissen Stangen halten oder das Messband spannen.
Nachdem ich dann aber im halben Landhofquartier an den neuerstellten Häusern alle Löcher für die Grenzbolzen herausgemeisselt hatte, waren meine Muskeln ein wenig besser trainiert, und Robi konnte sich statt dem Graben wieder seiner eigentlichen Arbeit zuwenden.

Als der Geometer mit seinen Vermessungen fertig war, arbeitete ich unter Max Feigenwinter bei den Gemeindewegmachern als Gehilfe. Wir mussten damals tagelang auf dem Grienlochareal an der Bruggstrasse Bretter, Dachlatten und Balken des alten Reinacher Schützenhäusleins entnageln.

Daraus errichteten sie dann einen Wegmacherschopf. Ich glaube nicht, dass heute noch jemand auf eine solche Idee käme. Später bauten wir die Treppenweglein am Rebberg aus. Pickeln, Schaufeln, Stosskarrenfahren, das war mein hartes Brot.
Ich trug bei der Arbeit immer ein kleines schwarzes Beret. Ein Schulkollege, der mich zuerst nur von weitem gesehen hatte, meinte dazu:
«Y ha my doch no gfroggt, syt wenn sy bi de Wäägmacher en Italiäner aagstellt häige.»
Eines Tages war eine Beerdigung fällig. Ich hörte zuerst nur:
«Dr Hänggi soll goo!»
Dann teilte mir der Feigenwinter Max mit, ich müsse mit drei andern den Sarg tragen gehen. Als seine Leute mein verwundertes Gesicht sahen, fingen sie an, Sprüche zu klopfen und erzählten Schauergeschichten von Leichen und allerlei Dingen, die schiefgehen könnten. Da durfte ich mich ja freuen.
Ich musste eine schwarze Lodenpelerine mit angenähtem Cape anziehen – ich trat fast auf den Saum – und dann setzte ich mich mit den andern vorne in die Kirche. Nach dem Gottesdienst mussten wir den Sarg auf den Schultern aus dem Altarraum auf den Friedhof hinaustragen. Ich war vorne rechts. Beim Hinausgehen schauten mich meine Bekannten

in den Bänken ganz verwundert an, und ich genierte mich ein wenig. Dazu war der Sarg auch recht schwer. Ich hatte Mühe, geradeaus zu gehen, weil Friedhofgärtner Meury Weys neben mir einiges kleiner war als ich und erst noch stark hinkte. Dazu war hinten links der riesige Kunz Hans, so dass der Sarg ziemlich schief hing und mir auf die Schultern drückte. Dem Toten machte diese wacklige Fahrt auf den Gottesacker ja nichts mehr aus, aber ich schwitzte Blut dabei. Als wir dann nach den Gebeten den Sarg noch an zwei Seilen gleichmässig ins Grab hinabsenken mussten – ohne vorher zu üben! – war mein Bammel auf dem Höhepunkt. Zum Glück ging alles gut.
Eine Erfahrung mehr, die nicht jeder machen kann!

Mein Umgang mit dem Tod fand seine Fortsetzung, als ich dann einmal noch eine Woche beim Friedhofgärtner als Gehilfe arbeiten ging. Ich weiss nicht mehr recht, was meine Arbeit war. Aber an die ausgedehnten Znünipausen mit Alois Meury, meinem Chef, kann ich mich noch gut erinnern. Wir sassen auf einer Bank an der Sonne, er zerschnitt seine Znüniwurst, zeigte mit der Messerspitze auf verschiedene Gräber und erzählte mir zu den entsprechenden Toten die spannendsten Geschichten. Eine längere Sache war die von unserem gemeinsamen Nachbarn, der als Atheist und militanter Kommunist mehrere Male zur Schulung in Moskau gewesen sei. Eine Volksmission habe ihn dann kurz vor dem Tod in den Schoss der Kirche zurückgeführt, schloss mein frommer Meister befriedigt.

Nach meiner wechselvollen Karriere mit diesen vielen Arbeitsstellen in Reinach und einigen in Basel und Allschwil – heute heisst so etwas «Ferienjob» – lief mein Berufsleben dann ein bisschen geradliniger. Ich erlebte zwar sechs Schulhäuser, acht Schulzimmer, zweimal einen Stufenwechsel, vierzehn Klassen und etwa dreihundertfünfzig Kinder, aber ich blieb während fast siebenunddreissig Jahren immer Primarlehrer oder bestenfalls noch Schulhausvorsteher und arbeitete stets im gleichen Reinach.
Ob man dem jetzt Unbeweglichkeit oder Treue sagen soll, müssen andere beurteilen.

Eine verrückte Reise

Etwas, das mir in meiner Entwicklung vom Kind zum jungen Mann einen rechten Vorwärtsschubs gegeben hat, war eine besondere Reise. Zu der kam es so:
Wir hatten im Quartier einen Nachbarn, den Walti Lauber, der war Überlandchauffeur. Anfangs der Fünfzigerjahre bedeutete das noch etwas. Von diesen Camionfahrern, die in ganz Europa herumfuhren, gab es noch gar nicht viele, und alle bewunderten sie.
Einmal hatte mir Walti versprochen, er nehme mich in den nächsten Ferien mit auf grosse Fahrt nach Holland. Kurz vor Weihnachten 1954 war sein Lastauto neben unserem Haus geparkt. Er sagte mir, am Stefanstag könne ich mitkommen, ich müsse einfach einen Pass haben. Da war schon der erste Haken dran. Ich war nämlich nur als Kind im Pass meiner Mutter eingetragen. Und dann stellte sich im letzten Moment noch heraus, dass dieser Pass schon seit etwa einem halben Jahr abgelaufen war.
«Das macht doch nichts», meinte Walti, «das schaukeln wir dann schon.» Und ich steckte den Pass ein.
Noch vor Weihnachten hatte Walti seinen geladenen Lastwagen samt Anhänger verzollt

und ihn jenseits der Grenze beim Otterbach abgestellt. So gingen wir am Stefanstag beim Zoll vorbei, Walti sagte, er müsse noch Frostschutz einfüllen gehen, und schon waren wir draussen. Damals wäre eben die Passkontrolle noch ganz streng gewesen, bei jeder Ein- und Ausreise gab es einen Stempel in den Pass. Das wollte Walti so oft wie möglich vermeiden, weil mit seinen vielen Reisen die leeren Seiten viel zu schnell voll gewesen wären.
So fuhren wir einfach unbeachtet los.
Von Autobahnen war noch weit und breit nichts zu sehen. Wir rollten gemächlich über die badischen Landstrassen. An diesem «zweiten Weihnachtsfeiertag» war kaum jemand unterwegs. In Freiburg mussten wir schon den ersten Reparaturhalt machen, etwas mit der Anhängervorrichtung stimmte nicht.
Und dann ging es den ganzen Tag weiter, für mich in eine ganz fremde Welt. Ich war ja vorher ausser einmal in Lörrach und ein paar Schritten ins Elsass noch nie im Ausland gewesen. Alles sah anders aus: Die Häuser, die Strassen, die Autos, die Verkehrsschilder, die Markierungen, die Leute, die Beizen. Das ganze Land kam mir auch ein bisschen ärmlich vor, kein Wunder, nicht einmal zehn Jahre nach dem Krieg!

Irgend einmal stiessen wir in Richtung Frankfurt auf die erste Autobahn, eine relativ schmale Strasse aus der Vorkriegszeit. Dort las ich dann auch zum ersten Mal das Wort «Autobahn-Raststätte». An solchen Kneipen hielten wir zweimal an und assen etwas.
Am Abend, beim Frankfurter Kreuz, fielen mir die grossen Bauten der dort stationierten Amerikaner auf: Unverhängte Fenster mit farbigen Christbäumen dahinter und zwischen den Häusern riesige Weihnachtsmänner – etwas, das ich nicht gekannt hatte.
Es wurde Nacht, und ich schlüpfte in eines der Liegebetten, die hinter den Sitzen quer in die Fahrerkabine eingebaut waren.
Endlich gegen zwei Uhr morgens kamen wir an der holländischen Grenze in Kranenburg bei Kleve an. Walti stellte den Lastzug auf einen Parkplatz, und wir schliefen noch eine Runde. Um sieben fuhren wir zur Zollabfertigung. Die Zollstelle sah ziemlich improvisiert aus, auf der deutschen und auf der holländischen Seite ein paar Baracken – möglichst weit weg voneinander, alte Feindschaften spielten wohl noch. Die deutsche Kontrolle überstand ich unbemerkt in der dunkeln Kabine. Als wir dann zu den Holländern hinüberfuhren, sass ich schon wieder auf dem Beifahrersitz, es war ja noch Nacht.

Aber irgend einer der Beamten musste mich gesehen haben, denn als Walti mit seinen Papieren im Büro war, riss dieser Zöllner die Waagentüre auf und begrüsste mich mit einem lauten «Ha!». Dann verlangte er meinen Pass und sagte, er müsse ihn noch «stempelen» gehen. Er war schnell wieder da und schleppte mich ins Büro. Mein Ausweis hatte denen dort gar nicht gefallen. Sie nahmen natürlich auch Walti unter die Lupe. Wir mussten beide mit unseren ungestempelten Pässen zurück zu den Deutschen fahren. Walti bekam eine kleine Busse, und mich wollten sie mit meinem ungültigen Papier gerade dort behalten. Wir mussten eine Stunde warten, bis der Postenchef kam. In der Zwischenzeit sagten mir die Beamten, ich hätte mich «illegaler Einreise in deutsches Bundesgebiet» schuldig gemacht, und das könne je nachdem mit bis zu tausend Mark oder einem Jahr Gefängnis bestraft werden. Schöne Aussichten!
Endlich kam dieser Postenchef und protokollierte mein Verbrechen. Da war Walti noch dabei. Als dann der Grenzbeamte sagte, er bringe mich jetzt nach Kleve vor Jugendgericht, meinte Walti, er müsse mit seiner Fracht weiterfahren, um in Amsterdam abzuladen. Dann gab er mir die Adressen der Geschäftshäuser, die er in den nächsten Tagen aufsuchen musste, drückte mir sechzig Mark

und fünfzig Gulden in die Hand, sagte: «Du kommst dann einfach nach!» und fuhr davon.
Da hockte ich allein im fernen Ausland und war zum ersten Mal in meinem Leben ganz nur auf mich gestellt!
Der Postenchef fragte den nächsten Autofahrer, ob er uns mitnähme und fuhr mit mir in die Stadt Kleve. Dort führte er mich auf die so genannte «Schwanenburg». Er erklärte mir, das sei das Schloss, das im Lohengrin eine Rolle gespielt habe. Es war damals ein städtisches Amtsgebäude samt Gericht.
Jetzt erwartete ich einen Gerichtssaal mit Richterpult, Sünderbank und einem grossen Publikum. Aber wir wurden in ein Büro zu einem freundlichen, älteren Herrn geschickt. Dieser hörte sich meine Geschichte an. Dann fand er, das sei schon ein wenig ungeschickt gelaufen, aber ich sei ja nicht allein schuld. Doch ganz ungeschoren kam ich nicht davon: Er sprach eine hochoffizielle Verwarnung gegen mich aus – mit dem Anhängsel, dass ich im Wiederholungsfalle strenger angepackt würde.
Und dann sagte er, ich müsse jetzt nach Düsseldorf zum nächsten Schweizer Konsulat fahren und dort meinen Pass verlängern lassen. Er gab mir die Adresse, dann konnten wir gehen. In einem uralten Tram fuhren wir

zurück in die Nähe des Zollpostens. Die Fahrkarte für beide musste ich bezahlen.
Jetzt hatte ich das nächste Problem: Wie komme ich nach Düsseldorf? Das war mindestens 100 Kilometer weit weg.
Die Zollbeamten halfen mir freundlich, Leute zu finden, die mich im Auto mitnahmen. Irgendwo in der damals noch vom Krieg gezeichneten, trostlosen Stadt Düsseldorf luden sie mich ab. Ich musste mich durchfragen und zu Fuss und mit dem Tram an Trümmergrundstücken und Luftschutzverbauungen vorbei das Konsulat suchen. In der Zwischenzeit war es etwa vier Uhr.
Der Konsul machte zuerst grosse Augen, als ich ihm meine Geschichte erzählte. Dann musste er lachen und verlängerte mir für drei Mark neunundfünfzig den Pass. Mit einer Angestellten zusammen versuchte er mir zu erklären, wie ich wieder in dieses Kranenburg zurück käme, damit ich von dort aus Walti nachreisen konnte. An einem anderen Ort hätten sie mich ja kaum aus dem Lande gelassen.
Zuerst musste ich mit dem Tram nach Neuss fahren. Dort wartete ich zwei Stunden am Bahnhof, bis ich einen Zug nach Kranenburg hatte. Im Bahnhofbuffet trank ich zum ersten Mal an diesem Tag etwas, einen Kaffee, und

ass dazu ein trockenes Stück Gugelhopf aus meinem Köfferchen.
Dann studierte ich im Wartsaal die Leute aus dieser mir so fremden Welt. Die meisten waren ziemlich abgerissen bekleidet, wohl Arbeiter auf dem Heimweg. Alle lasen eine seltsam billig gemachte Zeitung, «10-Pfennig-Bild» stand drauf. So etwas hatte ich noch nie gesehen. (Ein paar Jahre später kam mir dann der neue «Blick» in der Schweiz wie ein alter Bekannter vor).
Mich schauten die Leute ziemlich misstrauisch an, denn mit meinem Dufflecoat und den feinen Cordsamthosen sah ich wohl ziemlich betucht aus.
Nachdem ich mich mit unfreundlichen Bahnbeamten und mit für mich fremden Systemen von Bahnsteigkontrolle und ähnlichen Einrichtungen herumgeschlagen hatte, sass ich endlich im Zug nach Kranenburg. Irgendwann gegen neun Uhr nachts kam ich in diesem Kaff an. In einem ganz einfachen Gasthaus fand ich ein Zimmer. Zum Glück fragte das Mädchen, das mich empfing, nichts Genaueres über Herkunft oder Pass. Es war etwa so alt wie ich und der einzige Mensch, den ich in diesem Hause traf.
Ich wollte sofort in das hohe Grossmutterbett steigen. Leider hatte es nur ein einziges Leintuch darauf. Da riss ich dieses einfach von

der Matratze, schlüpfte darunter und löschte das Licht. Auf einmal ging die Tür auf, das Mädchen kam herein, sagte: «Das Federbett hatte ich vergessen!» und warf mir ein Duvet hin. Da schlief ich zum ersten Mal nordisch, oder mindestens fast, weil ich es nicht besser wusste, ich blieb nämlich unter dem Leintuch liegen.

Am anderen Morgen wollte das Mädchen doch wissen, woher ich denn komme. Bei einem guten norddeutschen Frühstück erzählte ich wieder einmal meine Geschichte.

Mit Rosinenbrot und Edamerkäse im Bauch marschierte ich dann zur Zollstation hinaus. Die gleichen Beamten empfingen mich lachend und stempelten mir meinen Pass. Sie halfen mir sogar einen Autofahrer suchen, der mich nach Rotterdam mitnehmen konnte.

Nach etwa einer Stunde war es so weit, und ich bedankte mich bei den Zöllnern mit einer Schweizer Schokolade. Dann fuhr ich mit meinem neuen Chauffeur – einem Berliner Lastwagenfahrer – Richtung holländischen Zoll.

Dort standen wir in der Schlange und warteten auf die Abfertigung. Alles ging gut – für den Lastwagenfahrer. Mich aber wollten sie nicht durchlassen. Mein Chauffeur konnte nicht lange warten und sagte, er müsse jetzt fahren. Ich musste in einen Hinterraum mitgehen und

dort fragten sie mich, wo ich denn hinwolle mit dem Pass meiner Mutter. Da erzählte ich noch einmal meine ganze Geschichte und hoffte, sie hätten Verständnis für mich. Nichts dergleichen! Es waren offenbar andere Leute als am Vortag.
«Du lügt, du has de Pass von deine Mutter chestoulen und bis abchehauen!» sagte der untersuchende Beamte. Jetzt standen mir die Tränen zuvorderst. Ich kam mir in diesem fremden Land ganz verloren vor. Und die glaubten mir überhaupt nichts!
Lange Zeit später überlegte ich, ich hätte die Passbeamten doch nur zu den Deutschen schicken müssen, die kannten ja meinen Geschichte und hätten bestätigen können, dass es einen Walti Lauber gab, der mich an diesem Tag in Rotterdam erwartete. Aber vielleicht spürte ich damals, dass es zwischen diesen beiden Nationen noch gar nicht geigte.
Ich machte den Vorschlag, sie könnten doch nach Rotterdam in das Handelshaus telefonieren, wo ich den Lauber treffen sollte. Darauf gingen sie ein. Aber damals war ein solcher Anruf ein Ferngespräch und ging nicht so einfach. Es gab ein langes Hin und Her. Irgend eine höhere Zollstation musste die Verbindungen aufbauen, bis endlich die Adresse gefunden war. Und erst nach etwa einer Stunde kam von irgendwoher die

Bestätigung, dass es diesen Herrn Lauber gäbe, sie könnten mich laufen lassen.
Jetzt wurden plötzlich auch die Holländer freundlich und wollten mir sogar ein Zigarette anbieten. Ich hätte aber lieber wieder ein Auto zum Mitfahren gehabt. Die Beamten fragten alle Fahrer nach ihrem Ziel, und wieder nach einer Stunde liessen mich zwei deutsche Lastwagenfahrer aufsitzen. Erst gegen Mittag rollten wir nach Holland hinein.
An diesem düsteren Dezembertag machte mir dieses Land mit den riesigen Ebenen und den vielen Kanälen und den Brücken, die schon von ganz weit zu sehen waren, einen seltsamen Eindruck.
Nach verschiedenen Abladstationen kamen wir endlich beim Eindunkeln an den Stadtrand von Rotterdam. Wir erkundigten uns nach dem «Parklaan» – so hiess meine gesuchte Adresse – und wurden in die Stadt «achter de tunnel» geschickt. Prompt stieg ich viel zu früh aus, weil wir eine Unterführung mit dem Maastunnel verwechselt hatten. Jetzt konnte ich wieder mit Suchen anfangen. Offenbar sehr widerwillig gewährten die Leute dem vermeintlichen Deutschen ihre Hilfe. Erst, als ich anfing englisch zu reden, bekam ich eine klare Auskunft. Ich musste eine lange Strecke mit dem Bus fahren. Mit meiner Fünfzigguldennote nervte ich augenscheinlich

den Buschauffeur im Gedränge des Feierabendverkehrs. Er gab mir eine Riesenhandvoll Kleingeld heraus, darunter viele winzige Münzen wie Spielgeld.
Nach einer längeren Tunnelfahrt war ich endlich meinem Ziel nahe und fand auch bald die Parklaan. Walti stand natürlich nicht wartend vor der Tür des Geschäftshauses. An einem Schalter erkundigte ich mich nach Herrn Lauber. Der junge Mann dort sagte, den kenne er nicht, er müsse sich erkundigen gehen. Ich wartete. Dann kam er zurück.
«Hier ggennt niemand een Heer Lauber!»
Nein, nicht das auch noch!
Er nahm dann noch zwei Anläufe, um in den oberen Stockwerken nachzufragen. Erst von einer Abteilung im dritten Stock kam er strahlend zurück mit dem Bescheid, es käme gerade jemand, der den Walti kenne. Ein lustiger Angestellter nahm mich in einem Taxi mit zum Hafen, er musste nämlich gerade mit einigen Papieren zu unserem Lastwagen fahren.
Endlich konnten Walti und ich lachend aufeinander zulaufen, und ich hatte wieder einmal viel zu erzählen.
Wir nahmen noch ein gutes Stück Strasse Richtung Belgien unter die Räder. Ich bekam in einer Kneipe wieder einmal etwas Rechtes

zu essen, und dann schliefen wir in der Kabine.
Am anderen Tag hatte ich beim Grenzübertritt schon ein bisschen Herzklopfen. Aber die belgischen und holländischen Zöllner hockten nebeneinander auf dem gleichen Tisch, plauderten und schauten den Pass beim beiläufigen Stempeln nicht einmal richtig an.
Die belgischen Küstendörfer mit den Schilfdachhäusern, Antwerpen, der Hafen, die überdimensionierten, ungewohnten Weihnachtsdekorationen, die vielen Pommes-frites-Buden, Strassen mit Schaufenstern voller Frauen und einiges mehr gaben mir am nächsten Tag viel zu staunen. Ich schlief auch zum ersten Mal in einem Hotel, dem «Zeemanshuis».
Nach einer unendlich langen Fahrt durch Belgien, Luxemburg und Frankreich fuhren wir am 31. Dezember gegen Abend in den Vogesen über den Col du Bonhomme. Wir freuten uns schon auf den Silvester daheim.
Da stand am Rand dieser Passtrasse der Lastwagen eines Schweizer Kollegen von Walti. Der Mann, den wir schon in Antwerpen am Hafen getroffen hatten, war mit einer Panne auf der Talfahrt hängengeblieben. Wir nahmen ihn mit bis Kaysersberg, dort war natürlich schon alles geschlossen. Dann fragten wir uns zum Besitzer einer Werkstatt

durch. Der besorgte uns eine Abschleppstange. Ohne Anhänger fuhren wir wieder zum Pass hoch, hängten uns hinten an das Pannenfahrzeug und brachten es nach Kaysersberg hinunter. Was mit diesem Auto dann weiter geschah, weiss ich nicht.
Endlich fuhren wir mit grosser Verspätung zu dritt in unserem Lastenzug Richtung Schweiz. Etwas vor Mitternacht kamen wir am Grenzübergang Lysbüchel bei Basel an. Den Wagen mussten wir in St.Louis draussen stehen lassen.
Mit meinem Pass kam ich gut durch. Aber das Köfferlein musste ich zum ersten Mal öffnen, und der Schweizer Zollbeamte wollte wissen, woher ich die Sardinendose habe, die er unter meinem Pyjama entdeckte. Es war der Notvorrat, den mir die Mutter mitgegeben hatte. Sorgen hatte dieser Mann!
Zu Fuss reichte es uns gerade noch bis in eine Beiz am Voltaplatz, dann schlug es Mitternacht. Wir stiessen aufs neue Jahr und auf unsere Reise an und verabschiedeten uns von unserem Pannenfahrer. Dann marschierten wir durch die ganze belebte Stadt bis zum Aeschenplatz. Dort endlich erwischten wir ein Taxi nach Reinach.
Etwa um zwei Uhr morgens stand dann ein verlorener Sohn erschöpft aber glücklich und ein bisschen erwachsener als vorher im

Schlafzimmer seiner Eltern und erzählte wieder einmal seine Geschichte von der «illegalen Einreise in deutsches Bundesgebiet» und den anschliessenden verrückten Erlebnissen.

Ein paar Wochen später bekamen wir im Deutschunterricht des Gymnasiums das Aufsatzthema gestellt: «Ein wichtiger Entwicklungsschritt». Da erwartete der Lehrer von uns, dass wir ihm etwas von unserer inneren Entwicklung verrieten. Wir empfanden das als Schnüffelei, und entsprechend schwindelten gewisse Mitschüler einfach etwas zusammen. Einer erfand sogar eine Geschichte von ersten Sexualkontakten mit all ihren Konsequenzen. Der Lehrer nahm die Sache sehr ernst und bot ihm ein persönliches Beratungsgespräch an.
Ich in meiner Harmlosigkeit wusste doch nichts so Tiefschürfendes zu erzählen und schilderte eben wahrheitsgetreu meine Abenteuerreise. Für mich war dieses Erlebnis sicher der Auslöser für einen wichtigen Entwicklungsschritt.
Mein Lehrer setzte mir aber einfach eine kurze Notiz unter den Aufsatz:
«Sie haben das Thema mit Ihrer unglaubwürdig dahergeflunkerten Geschichte nicht getroffen!»

«Dir heyt d Ufgaabstellig nit begriffe!» war sein Kommentar nach meiner Nachfrage.
Ich schwieg und wusste, wer etwas nicht begriffen hatte.